昼下がりのペンギン・ビストロ

横田アサヒ

富士見L文庫

JN031038

penguin bistro

contents

プロローグ

ここは、とある場所にある、とあるビストロ『PENGUIN』。

悩めるものが行き着く、不思議なビストロだ。

こぢんまりしたレンガ調の建物はどこか温かさを感じさせる。

紺色に塗装された木製の扉を押して店内へ足を踏み入れれば、モザイクタイルが敷き詰められた床と木製のカウンターが目に入る。

そのカウンターの内側に置かれた台に向かって、ピョンッとペンギンが跳び上がった。

まるで海から飛び出したかのように、体をコの字に丸め、小さな両翼を後ろに伸ばし、足は前に突き出している。

そして、見事に着地……と思いきや、勢い余って前に転んだ。

白いお腹《なか》がぽよんっと台に着いたが、すぐに立ち上がる。

曲がってしまった黒い蝶《ちょう》ネクタイをサッと直し、ペンギンはさも何もなかったかのように周囲を見回した。

このペンギンこそが、このバーのマスターだ。ヒゲペンギンと呼ばれる種で、白黒の体には、顎《あご》に一本の黒い線が入っている。

「さて、掃除の仕上げと参りましょうか」

まるで舞台俳優か何かかと思うほどよく通る声は、低く渋い。聞いている人の脳を揺さぶりそうなほどの存在感だ。

「仕上げですか」

店内に並ぶテーブルをセットしていた店員が、不思議そうな視線を向けた。

しっかり水拭《みずぶ》きをしたカウンターは、ペンダントライトの光を反射するほどきれいになっている。

「ええ、仕上げです」

やる気に満ち溢《あふ》れた表情のヒゲペンギンが、それまで首元に着けていた蝶ネクタイをそっと外す。それを見て、店員は納得したように深く頷《うなず》いた。

そしてマスターはピョンッと、カウンター内にある台からジャンプした。

両翼だけでなく両足まで後ろに伸ばし、お腹を張るようにしてペンギンの体が宙を舞う。

着地した先は、カウンターだ。ただし、足は着けていない。

着いているのは、真っ白で丸みを帯びたお腹だけだ。

店員はチラリと横目でマスターを確認してから、再び自分の仕事へと戻る。

誰も見ていない中、ヒゲペンギンはその短い足でカウンターの端を蹴《け》った。

キュルンッ。

そんな音を立てて、ペンギンの体がカウンター上を勢いよく滑り出す。そのままカウンターの端、壁の前まで突き進んでいった。

壁にぶつかりそうになったところで店員は驚いたように顔を上げたが、マスターは重心をずらしつつ左足でブレーキをかけ、滑りながらもクルッと体の向きを変える。

そのまま後ろ向きで滑り、直撃する寸前に壁を蹴った。

一瞬マスターの体が縮んだように見えたが、今度は反対側に向かって勢いよく滑り出している。

そのままの勢いでカウンターの端から飛び出し、見事に床へと着地した。

一仕事終えたとばかりに、マスターは全身を震わせる。

頭からお腹、足元と続いて、最後に長めの尻尾《しっぽ》がブルブルッと細かく震えた。

「さあ、これで完璧《かんぺき》に整いましたね」

黙ったまま頷く店員の横で、マスターは満足そうにクイッとクチバシを上へ向ける。そして、これからお客を迎えるため、蝶ネクタイを整えたのだった。

一皿目　クレシー風ポタージュとコルドン・ブルーで決別を

十一月の肌寒い日曜日の夜、自宅で温かい部屋着に身を包んだ織田夏帆《おりたかほ》は、ホットココアを飲んで小さく息を吐いた。

視線の先にはお知らせランプが点滅する携帯電話がある。先ほどからずっと点滅しているが、どうしても手を伸ばす気にはなれなかった。

「どうせ、言い訳だし」

自分の口から出てきた言葉になんだか傷つけられた気がして、余計に気落ちする。

このままでよいとは思わないが、それでも今は、せめてホットココアを飲み終わるまでは先延ばしにしておきたいのだ。

どちらにしても明日《あした》大学に行けば顔を合わせなくてはいけないし、そうしたら今日のことを話さなくてはいけない。それがタイムリミットだ。

だから、もう少しだけ。

そう思って、再びホットココアを口に運んだ。

親の反対はあったが、夏帆は地元から少し離れた大学に去年進学した。自分のやりたい学科で、カリキュラムにも惹《ひ》かれたのがここだったというのもあるが、一番の理由は一人暮らしへの憧《あこが》れだ。

初めのうちの解放感は、本当にすごかった。朝食も夕食も好きな物を食べられるし、テレビの前でぐうたら過ごしていても小言を言われない。夜遅くにシャワーを浴びられるし、大好きなココアを夜中に入れても誰かを起こしてしまうこともない。

だけど、そんな生活も数週間すれば慣れてくる。どことなく寂しさを感じ始めたものの、日々の家事や詰め込んだ大学のコマをこなしていくことでそれを埋めていった。

「ゆるっと登山サークル？」

大学生活に慣れてきたある日、壁に貼られている勧誘ポスターに気がついた。

名前通り、ゆるい猫のキャラクターがリュックを背負ったイラストが描かれており、夏帆の頬が思わず緩む。

もともとやりたいことがあって選んだ大学だ。サークルに入る気はそれほどなかったが、やはり人恋しい。友人ができてもずっと一緒にいられるわけではないし、まだ知り合って数ヵ月の相手を急に呼び出すのも気が引ける。

それならと、改めてポスターに視線を向けた。ゆるい猫がキラキラした瞳《ひとみ》で『一緒に登ろうニャ』と言っている。

「ハイキングは好きだし……決めた！」

仲間と予定を増やすならサークル活動がうってつけだと、夏帆は心を決めたその足でサークルの部室をノックしに行くことにした。

強制参加のない、名前の通りゆるいサークルはメンバーも穏やかで心地よかった。部室でアウトドア用品について皆であれこれ語り合ったり、週末に近場の標高が千メートル程度の山を登ったりするだけで、日々に輝きが増した。初めてのキャンプで満天の星というものを初体験して、ゆるいキャンプにも興味が湧いた。

アウトドア用品を購入するために飲食店でのアルバイトも始め、毎日が忙しく過ぎていく。サークル以外にもアルバイトという居場所ができ、大学一年目は寂しく感じるような暇もないまま、充実した日々だった。

大学二年生の春、初めて部室に訪れた日に彼と出会った。春休み中に登山に興味を持った彼が、入会しにきたのだ。

彼はとても熱心で、登山活動はもちろん、部室の整理などにも積極的に参加するような人だった。人当りもよく、いつの間にかサークルの中心人物になっていた。

同じように積極的に参加していた夏帆と距離が縮むのは、当然の流れだったように思う。初めは買い出しに二人で出かける程度だったのが、次第にサークル抜きで会うようになった。元々登山という共通の趣味があったので話は合うし、七月に入ってすぐ、付き合おうと言われた時は心底嬉《うれ》しかった。

親元を離れてから初めてできた彼氏に、夏帆は舞い上がっていた。サークル活動でも一緒にいられて、二人だけでも過ごせて、毎日が楽しくて仕方がなかった――付き合って三ヵ月間は。

不穏な空気を初めて感じたのは、十月に入ったばかりの頃だった。

彼の車でドライブへ行った帰り、助手席に座った夏帆が飲もうとした水を少し零《こぼ》した時だ。

「何やってんの？」

低い声が車内に響いて、夏帆は肩をびくりと跳ね上がらせた。

チラリと運転席の彼を見ると、不機嫌そうな目で前を向いている。

「ごめん、すぐ拭くから」

「当たり前だろ、そんなの。誰の車だと思ってんだよ」

「ごめん」

慌ててハンカチで拭くが、幸いにしてほとんど夏帆のジーンズを濡《ぬ》らしただけだった。水だったし、零れたのは本当に少しだ。そこまで不機嫌にさせるほどのことかとも思ったが、確かに零した自分が悪いと、色々な気持ちを呑《の》み込んだ。

そこからは、車のエンジン音も聞こえなくなったと錯覚するくらい、車内はずっと静まり返っていた。何度か声をかけようと思ったが、それを許してもらえないような威圧的な空気を感じて、夏帆はただただ前を見て、早く家に到着することを祈るしかなかった。

「送ってくれてありがとう」

家の前まで送り届けてもらった夏帆が努めていつも通りに言うが、彼はこちらを見ようともしない。

「また明日、大学で」

そう言って助手席のドアを閉めると、すぐに車が走り出した。

遠出だったから、疲れたんだろう。

そんな時に自分が水なんか零したからいけなかったんだ。

帰宅した夏帆はシャワーを浴びる気すらせず、ベッドに倒れ込む。ぐるぐると色んな考えが回り、全身が重くなっていった。

あの瞬間まで、彼は一度も怒ったり不機嫌になったりしない、とても優しい人だった。困っている人を助けているところも何度も見たし、サークルでは先輩たちからも可愛《かわい》がられるような存在だ。付き合うことを報告した時も、こんな優しい彼氏で羨ましいと周囲の皆から言われた。

だから、きっと今日はよほどのことだったに違いない。

明日になったら、きっといつもの優しい彼に戻っているはずだと、信じるようにした。


その翌日、不安と期待が入り交じった気持ちで夏帆は部室の扉を開ける。

中にいたのは笑顔の彼と、仲間たちだった。

「夏帆、遅かったね」

和やかな空気に、緊張が一気に解《ほど》けていくのがわかる。

いつも通りの彼に、いつも通りのサークル仲間。やっぱり昨日のはたまたまだったんだ、と胸を撫《な》で下ろしながら、夏帆は活動に加わった。

だが、それから何度も同じようなことが繰り返された。

デート中に些細《ささい》な事がきっかけで彼が不機嫌になることが増え、口をきいてくれなくなった。ずっと沈黙という重苦しい空気が続く。それなのに、翌日にはまるで何もなかったかのように笑顔で接してくるのだ。

次第に、サークル活動中で夏帆が何か失敗すると、その夜や翌日などに注意されることが出てきた。ペガサス座と言った彼にペガスス座じゃないのかと言ったら、あとで猛烈に怒られたこともある。

戸惑っていると、これは夏帆にもっと成長して欲しいから言うのだと彼は繰り返す。

自分が悪いんだ。自分がもっとしっかりしていないから。

そう思えば思うほど、なんだか体が強張《こわば》って失敗は増えていく。

悪循環だと思うが、どうしたら抜け出せるかわからない。去年までの輝いていた日々と違い、だんだん苦しい毎日になってくる。

そんな中、彼が夏帆との約束を当日にキャンセルしてくるようになった。他のサークルにも顔を出すようになったせいか、予定が増えたのだと言う。会えないのを残念に思う反面、どこかホッとしている自分もいて、口からはため息ばかりが零れるようになった。

けれど、何度も続くとぞんざいな扱いをされているのだと実感してくる。

積み重なった結果、今日はとうとう怒ってしまった。

SNSで気持ちを書き殴って送り付けると、それから彼はこれまでのことが嘘《うそ》のように、こちらの様子を窺《うかが》うような返事を何度も何度も送ってきている。

初めのうちは読んでいたが、もう目にするのも嫌になってきた。

「明日、部室行くの嫌だなあ……」

呟《つぶや》きながら、夏帆はベッドの上でゆっくり目を瞑《つぶ》った。


朝になり、なんとか気力を振り絞って大学へ向かった。

講義に出たものの、全部上の空で時計ばかりを確認してしまう。

その間も何度も携帯が震えて、新しいメッセージを受け取ったことが伝わってくる。

「夏帆、顔色悪いけど大丈夫？」

一コマ目が終わるとすぐ、サークルとは関係のない友人が心配そうにのぞき込んできた。

大学に入学してすぐに出会った彼女はキラキラしてしっかり者なのに、なぜか夏帆と仲良くしてくれる。同じ講義を取ることも多く、サークル活動のない休日もよく出かける仲だ。

「大丈夫、ありがとう」

「無理しちゃダメだよ。なんか悩みあるなら聞くし……」

友人は何か言いづらそうに携帯へ一瞬だけ目を向けた。もしかすると、先ほどからの着信が関係しているると思っているのだろうか。

だとしても、彼女には話したくない。話したらきっと彼が正しいと思うだろうし、ちゃんと返信しない夏帆が悪いと言われてしまうかもしれない。

友人はちゃんとしていない夏帆にも優しい。そんな友人に夏帆のダメなところは知られたくないし、何より心配させたくなかった。

「今日もこれからサークル？」

「うん……でも少し迷ってて」

部室に行きたくない。

行かなかったら、どうなるんだろう。

ぼんやり考え始めると、段々と止まらなくなってきた。

ゆるい登山サークルなのだから、行かなくてもいいのではないか。できる人ができる活動を、そして皆で楽しく登山をしよう——それがサークルの掲げているモットーで、皆その通りに活動している。

「行かなくていいと思うよ」

「え？」

友人の言葉に顔を上げる。

「具合悪いのに、無理していくようなところじゃないんでしょ？　ゆるい集まりだって夏帆言ってたじゃない」

「そ、そっか」

正直、二年生になってからの夏帆は毎日のように部室へ行っていた。だから一日くらい行かなくたって、いや、三日くらい行かなくたって、問題はない。

そう考えたら、夏帆の心が少しだけ軽くなった。

「今日バイトないよね？　講義全部終わったらもう帰りなよ」

「うん……そうする」

「帰ったら連絡ちょうだい。心配だし……なんかあっても、連絡してよね。すぐ行くからさ」

友人が優しく微笑《ほほえ》んだ。その表情が本当に綺麗《きれい》で、こんなことくらいで心配させているのが申し訳ない気持ちにもなった。

それから最低限の講義に出たあと、夏帆はサークルの誰かに見つからないよう足早に帰ることにした。

サークルをさぼることにやはり罪悪感を覚えたが、足を止めないように気合を入れる。

今日は彼に会いたくない。

無理して笑うとかしたくない。

鞄《かばん》を持つ手に力が入り、周囲を見ないでひたすらに足を進めた。立冬を過ぎた十一月の冷たい風が頬を撫でていき、体温を奪っていく。けれど、なにも考えないようにしていた夏帆にとっては、その冷たさが少し心地よいようにも感じられた。

「あれ……ここ、どこ？」

そうしてしばらく歩いた頃、ようやく視線を上げた夏帆は気がついた。大学からさほど離れていない場所のはずなのに、立っているのは見たことのない十字路だ。

「えっと、地図地図……」

慌てて携帯の地図アプリを開いて確認すると、思っていたよりも普段から使う道と離れていない。

「よかった。これならすぐに戻れる」

知っている道へは、きっと十五分程度で出られるはずだ。

気を取り直して一歩脇道に入ったところで、美味《おい》しそうな香りが夏帆の鼻孔をくすぐっていく。

香りに導かれるように首を動かすと、一軒の建物が目に飛び込んできた。

「レストラン、かな……」

こぢんまりしたレンガ調の建物で、灰色の屋根には出窓がついており、まるで絵本から出てきたようだ。紺色に塗装された木製の扉と窓枠、そして同じ色のオーニングテントが、また可愛らしさを際立たせているように思う。

壁にツタが這《は》っているのも、より一層可愛らしい雰囲気を演出していた。

「BISTRO《ビストロ》 PENGUIN《ペンギン》?」

ペンギンを模《かたど》った突き出し看板に書かれた文字を読み上げた夏帆は、吸い寄せられるようにして近づいていく。

よく見れば、扉の下の方にもペンギンのシルエットが描かれている。どうやらここの店主はよほどペンギンが好きなようだ。

気になるけど少し入りづらいと思っている夏帆の鼻を、再度美味しそうな香りが掠《かす》めていく。と同時にお腹《なか》の虫が大きく鳴り、体はブルッと震えた。

そういえば今朝から何も食べていないし、ずっと歩いていたせいか体は冷え切っている。今も食欲がある気はしないが、こんな可愛いお店で温かいスープか何か食べれば少しは気分転換になるかもしれない。

「決めた」

一度ギュッと拳《こぶし》を握ってから、扉の取っ手に手をかけた。思ったよりも軽く開いた扉か

ら、暖かい空気と共にカランッと小さい音が響く。よく見れば、ドアベルには泳ぐような
ペンギンと魚のモチーフがぶら下がっていた。

「わあ……」

さすがはBISTRO　PENGUINだと思いながら店内に足を踏み入れると、想像
していた以上の可愛らしさに思わず夏帆は息を漏らす。

カウンター席が四つとテーブル席が四つという、外観と同じようにこぢんまりした店内
は、細かなモザイクタイルが敷き詰められた床や、落ち着いた色合いの木製の椅子たちが
落ち着いた雰囲気を演出していた。テーブルには赤と白のチェック柄のテーブルクロスが
かけられ、天井からはアンティーク調のペンダントライトがぶら下げられている。

住宅街の一角に、こんなお店があるなんて知らなかった。

「いらっしゃいませ」

扉が閉まるとほぼ同時に響いてきた声に、足を止めた。

渋くてよく通るよい声だ。バリトンよりもバスに近い低音が、心地よく鼓膜を震わせた。
ダンディな声、と言っても差し支えない。きっと店主は渋めのオジ様なのだろう。

考えて、夏帆が声の主を探そうとしたところで、視線が動かせなくなった。カウンター
内に、ペンギンが一羽《わ》立っているではないか。

顎《あご》に一本の線が入ったペンギンが蝶《ちょう》ネクタイを着けて、こちらを見ている。ぬいぐるみなのだろうが、活《い》き活きとした瞳《ひとみ》や羽毛の質感はまるで本物のようだ。白と黒だけのシンプルなペンギンだが、これまで水族館などで見たことがない種類のような気もする。

しかし改めて見回してみると、不思議なことに店内に人影はない。なら先ほど聞こえた声は一体誰のものだろう。

「こちらへどうぞ」

困惑する夏帆に、ペンギンがその小さな翼を動かして目の前のカウンター席を指し示した。

今、確かにペンギンが動いた。

あれは店の看板ロボットか何かなのだろうか。それにしては声もあのペンギンからしたような気がする。きっと録音した音声が自動で再生されるのだろう。そうでなければおかしい。

動揺が隠せなくなってきたが、足はまるで吸い寄せられるようにしてカウンター席へ向かっていた。

背もたれのある木製のカウンターチェアを少し引いてから腰を掛ける。座面も木製だったが、体に合わせたような曲線のおかげでフィット感があった。

距離が縮まって、改めてカウンター内のペンギンを観察するが、見れば見るほど水族館で見るような本物のペンギンとしか思えない。

「いらっしゃいませ。こちら本日のメニューになります」

「あ、どうも……え？」

横から声をかけられた夏帆は差し出されたメニューを受け取ろうとして、思わず固まった。

先ほど耳にしたダンディな声よりも、もう少し年が上だと感じさせる声だ。抑揚はあまりないが冷たくは感じず、どこか安心感を誘う声だった。

だが、驚いたのはその声にではない。

初めに向けた目線よりもずっと下からメニューを差し出しているのは、ペンギンだ。カウンター内にいる顎に線の入ったペンギンではなく、目の上に黄色くて凛々《りり》しい眉毛があるペンギンだ。赤い瞳と黄色い眉毛のコントラストが格好良《い》い。

どこかの水族館で見たことがある——確か、イワトビペンギンっていったような。

もちろん、目の前のイワトビペンギンのように黒いベストと蝶ネクタイに、白いソムリエエプロンを着けているなんてことはなかったし、普通に泳ぐ、普通のペンギンだった。

ギャルソンの格好をしているペンギンなど、初めて見た。いや、カウンター内のペンギンも蝶ネクタイを締めているし、よく見れば白いソムリエプロンを身に着けている。

ここは、猫カフェみたいにペンギンと触れ合えるお店なのだろうか。いや、でも猫カフェは猫が接客なんてしない。それに、さっきの声はほぼ間違いなくこのギャルソンペンギンから声が聞こえてきた。ということは、先ほどのダンディな声はやはりカウンター内のペンギンの声なのだろう。

そんなわけがないと思うものの、段々そうだとしか思えなくなってきた。

「お水をお持ちします」

混乱する夏帆を気にも留めず、ギャルソンペンギンが踵《きびす》を返す。

お盆を横に抱えながらペタペタと歩いていったかと思うと、ピョンピョンと小さく跳ねながらの移動に変わった。

イワトビという名前だから跳ぶのかな、など考えているうちにギャルソンペンギンはグラス置き場に辿《たど》り着き、ステンレスのポットから器用に水を注いでいく。ペンギンの翼でいったいどのようにあのポットを持っているのか気になって仕方がない。

グラスをお盆に載せたギャルソンペンギンは、今度は跳ねずに夏帆の席まで戻ってきた。

「失礼いたします」

危なげなくカウンターテーブルにグラスを置いてから、ギャルソンペンギンは静かにこちらへ視線を向けた。

「ご注文は」

「え……っ」

ペンギンに見入っていたせいでメニューなんてまるで頭になかった。

「す、すみません、実は全然決めていなくて」

慌てて言うと、ギャルソンペンギンは優しく目を細めた。ただ目を細めただけなのに、優しさが漂ってくるのはなぜだろうか。

おかげで、心は落ち着いていく。メニューに目を落とすと、達筆ながらも柔らかい筆遣いで様々な料理名が書かれていた。カタカナがたくさん並んでいるだけでなく、聞いたことのない料理名が多くてよくわからない。

夏帆は覚悟を決めて、ギャルソンペンギンへと顔を向けた。

「あの、そんなに量は食べられないんです……でも、何か温かい物をいただけたら……」

「それでしたら、オニオングラタンスープはいかがでしょうか」

今度はあのダンディな声が響いてきて、夏帆が視線を動かした。

カウンター内のペンギンと目が合い、笑いかけられた。こちらもただ目を細めただけのはずなのに、なぜか笑いかけられていると感じられた。

「オニオングラタンスープ……」

確か、オニオンスープにチーズがかかっていたような気がする。それなら、ちゃんと食べられそうだ。

「小腹を満たすにはちょうどよいですよ」

「じゃあ、それでお願いします」

「かしこまりました」

カウンター内のペンギンがスッと頭を下げた。

「メニューお下げします」

ギャルソンペンギンが丁寧にメニューを手にして下がった。初めは歩いていたが、やはり気がつくとぴょこぴょこ跳ねるようにして進んでいく。羽を広げているのはバランスを取るためだろうか。あまりにも広げ過ぎて、脇に挟んだメニューを落としてしまわないかと思ったが、杞憂《きゆう》だったようだ。無事にメニューが戻され、夏帆はホッとしながら今度はカウンター内のペンギンに目を向けた。

カウンター内は調理場になっているようで、ペンギンはさっそく調理に取りかかっている。長いフランスパンを手にしたかと思うと、それを慣れた手つきで薄切りにしていく。

一体あの手でどうやって包丁を持っているのか一瞬気になったが、流れるような美しい手つきを見ていると些細《ささい》な問題な気がしてくる。

客席の並ぶ店内よりもカウンター内は高くなっているおかげで、少し背筋を伸ばすだけでペンギンが何をしているかよく見える。そもそもカウンターテーブル自体が高く作られていないのは、きっと内側の様子を見られるようにという工夫なのだろう。ソムリエエプロンの裾から出る尾羽がひょこひょこと揺れているのまで見えて、夏帆の口元は自然と緩んでいた。

観察されていることをまるで意識していない様子で、ペンギンは薄切りにされたフランスパンに何か塗ったり振りかけたりしてから、オーブンへ入れた。

それから奥のコンロに置いてあった寸胴鍋からスープを器によそい、その器を持ってよちよちと歩き出した。ペンギンだから当然だが一歩ごとに体は左右に揺れ、正直スープの中身が零《こぼ》れないかひやひやしてしまう。

そんな心配をよそに、全く零すことなくペンギンはオーブンの前へスープを運び終えた。オーブンから取り出したフランスパンをスープの上に載せ、その上にチーズを振りかけてから、今度は器ごとオーブンへ戻す。

少し経《た》って、ミトンをしっかり両翼に着けたペンギンがオーブンの中から器を取り出した。皿に載せ、厚めに切ったフランスパンを横に添えたところで、ギャルソンペンギンが少し跳ねながら近づいていく。

ペンギンたちの動きはとても可愛いのにどこか洗練されていて、段々夏帆は彼らがペンギンであることを忘れそうになってきた。

ギャルソンペンギンが盆にスープを載せ、こちらへ歩いてくる。

「お待たせいたしました」

危なげない動作で、夏帆の前に熱々のオニオングラタンスープが置かれた。途端、鼻孔に香ばしい玉ねぎとチーズの香りが届く。焼かれたチーズは今にも白い器から零れ落ちそうなほどで、上から散らされたパセリの緑がよく映えていた。

「美味《おい》しそう……」

「お熱くなっておりますので、気を付けてお召し上がりください」

カウンターの中からペンギンの優しい声が届く。

確かに、まだグツグツといっているスープは、見るからに熱そうだ。夏帆は小さく頷《うなず》いてから、用意されていたスプーンを手に取った。

「いただきます」

上から少し押すようにしてスプーンを入れた途端、焦げ茶色のスープがスプーンの上に広がっていく。ほんの少しだけ掬《すく》って、ふうふうと冷ますために息を吐いた。

頃合いを見てスプーンを口に運ぶと、口の中に玉ねぎの香ばしさと甘みが一気に広がった。僅かしか口にしていないはずなのに口から抜けた香りが鼻孔をくすぐり、ますます香ばしさが感じられる。

「美味しい……」

呟《つぶや》いて、夏帆はすぐに次を掬いにいく。今度はチーズとスープをスプーンに載せる。溶けたチーズが伸びてどこまでもついて来ようとしているみたいだ。

熱いチーズで火傷《やけど》しないようにまた息で少し冷ましてから口に入れた。

先ほどスープだけを口にした時とは全く違う味に、夏帆は驚きを隠せなかった。相変わらず玉ねぎの甘さと香ばしさが口の隅々まで届いているが、そこへチーズのコクと僅かな酸味が加わった。クリーミーさがあり、スープとは思えないような満足感が口内を支配していく。

でも、これで終わりではない。チーズの下には先ほどオーブンで焼かれていたフランスパンがあるのだ。

スプーンを思い切って上から入れると、ふやけたフランスパンがうまい具合に切れた。持ち上げるとまだ湯気が出ていたので、しっかりと冷ましてから口へ運ぶ。

次の瞬間、じわりとフランスパンから染み出たスープが口の中いっぱいに行き渡った。

僅かに感じられたにんにくの香りがスープと溶け合って、美味しさが広がる。パンの端に残ったカリッと感で、食感も楽しい。

どんどん食べたいという気持ちになり、次にスプーンを入れると沈んでいた玉ねぎに気がついた。口の中に運んでみれば、舌の上で何もしないのにほぐれてしまうほど、柔らかい。オニオングラタンスープという一つの料理なのに、いくつもの食感といくつもの味が感じられ、それが口の中で絶妙に調和していく。

程よい温度に冷めてきたのもあって、夏帆の手と口は休むことを忘れたみたいだった。

「すごく、美味しかったです」

完食した夏帆は、多幸感から気がついたらカウンター内にいるペンギンに向かって口にしていた。

「恐れ入ります」

「玉ねぎがすごく甘くて、でもコクもあって、それがチーズやフランスパンと合わさって、なんかもう……本当に美味しいです」

体の芯まで温まったせいか興奮気味に言うと、ペンギンがどこか嬉《うれ》しそうに微笑《ほほえ》んだ。

「気に入っていただけたようで、何よりです。生の玉ねぎには辛み成分があるため、元々果物並みに含まれている糖分を隠してしまうと言われています」

「え！　玉ねぎってそんなに甘みがあるんですか？」

驚きながら、オニオングラタンスープに目を落とす。生の玉ねぎの辛さを思い出すととても信じられない。

そんな夏帆に、ペンギンは蝶《ちょう》ネクタイを軽く直してから頷いた。

「はい。じっくり炒《いた》めることによって辛み成分を揮発、分解することで、玉ねぎの持つ甘さを感じられるようになるそうですよ」

「揮発、分解……」

「料理は科学とは、よく言ったものだと思います」

「本当ですね。科学ですね」

「もちろん、メニューを考案した当時はここまでわかっていなかったと思いますが、事実を別の角度から見ると、また新しい事実に出合えるということですね」

目を細めながらしみじみと言うペンギンがなんだかおかしくもあり、可愛くもあり、心まで温かくなってくる。

ここへ入る前の、全身が凍り付くような気持ちはどこにもない。

「体も、心も、少し温まりましたか？」

まるで夏帆の心を見透かしたかのように、ペンギンが尋ねてきた。あまりにも完璧《かんぺき》なタイミングで、危うくスプーンを落としそうになる。

「なんで……」

恐々《こわごわ》ペンギンと目を合わせると、彼は優しく微笑んだ。

「先ほどまでは唇も紫でしたし、とても硬い表情をされていましたから」

穏やかで心地よい低音の声が、スッと耳に入ってくる。不思議なくらい裏を感じさせない声色で、それが事実なのだと呑《の》み込めた。

「実は昨日から色々あって……どうしたらいいかわからなくなってしまったんです」

誰にも相談したことがなかったのに、なぜだか自然と口から言葉が零れてくる。もしかして心身ともに温まったせいだろうか。

「それで今日は、逃げ出してきてしまって……でも……」

でも……なんだろう。自分の悩みなのに、うまく言葉にすらできない。

「なにか暗い気持ちに囚《とら》われてしまった時、誰しもその場から逃げたくなったり、立ち止まったりしたくなるものです」

ペンギンの柔らかい口調に、俯《うつむ》いていた夏帆の顔が自然と上がってくる。彼から溢《あふ》れ出る優しい空気が、まるで大丈夫だよと言っているようだ。

「逃げることは、悪いことではありません。それが解決へと繋《つな》がる場合もありますから」

頷くしかできない夏帆に、ペンギンは続ける。

「ですが、いつかは向き合わなければならない場合、まずいつ向き合うのかを決めて、それまでは準備期間にするのも良《い》いかもしれませんね」

「準備期間……」

「ええ。戦うための、主に心の準備です。きっと長く必要な方も、短くて大丈夫な方もいるでしょう。それはその方の気質や、何と向き合うのかによっても変わってくると思います。ですが、逃げたのも必要な準備期間のうちだったのだと考えれば、少し気持ちが楽になりませんか？　弱った心を揮発させて、隠れていた戦う強い心を見つけるための時間です」

逃げてしまったことをダメだと言われるより、ずっと呑み込みやすい言葉だ。

どう向き合うか、いつ向き合うか――それがわからなかったから逃げ出した。でもそれは、準備のために必要だったのだと思えば、自分を責めないでいられる。

「そうですね、すごく……すごく、楽になります」

しみじみ口にすると、口角を上げてペンギンが微笑んだように見えた。クチバシだし、きっと気のせいなのだろう。だが、彼の雰囲気がそう感じさせるのだ。

そんなペンギンが、ふと視線を移す。何かあるのかと思った夏帆の前に、これまで姿を消していたギャルソンペンギンからチョコレートケーキのようなものを差し出された。

「こちら、マスターからのサービスになります」

「え、マスター?」

もしや人間の主人がいるのだろうかと周囲を見回してみても、二羽《わ》のペンギンしかいない。ギャルソンペンギンと目が合うと、彼はカウンター内にいるペンギンへと目を向けた。

これはつまり、そういうことだろうか。

「あ……あなたがマスター、ですか?」

「はい。ビストロでマスターというのも少しおかしいかもしれませんが、あだ名のようなものと思っていただければ」

そう言って、マスターは両翼で蝶ネクタイを整えた。言われてみるとシェフやオーナーなどと言うより、マスターという呼び名が彼にはふさわしいような気がしてくるのはなぜだろうか。

「あの、マスター……これは……」

「フォンダンショコラです。今日知り合いが持って来てくれたので、おすそわけです。とても美味しいですよ」

丸くて焦げ茶色のケーキにはイチゴとブルーベリーが添えられていて、見るからに美味しそうだ。

「遠慮せずにお召し上がりください」

マスターが言うと、夏帆の横に立ったままのギャルソンペンギンもウンウンと頷いた。

二羽の可愛いペンギンに勧められて断れる人間がいるだろうか。

「それじゃあ、いただきます……わっ」

夏帆がフォークをケーキに入れると、中からとろりとチョコレートが流れ出てきた。ふわりとカカオの香りが漂って、視覚と嗅覚が刺激される。

チョコレートをたらさないように注意しながら口に運ぶ。

より一層強くなるカカオの香りを感じながら、カリッとした外側の食感に、しっとりした内側の食感、そしてとろけたチョコレートがそれらを覆っていく感覚がした。確かな甘さはあるのにくどくなく、ほのかに残ったカカオの苦みがちょうどいい後味になる。

「こちらも、サービスになります」

夏帆の横に、今度はコーヒーが置かれた。香ばしくて深みのあるコーヒーの香りは、なんだかホッとする匂いだ。

「でも……」

ここでコーヒーがあれば完璧だとは思うが、さすがにサービスが行き過ぎではないだろうか。

運んでくれたギャルソンペンギンはもう、奥に戻っている。困った夏帆がマスターへ目を向けると、彼はニコリと笑ったように見えた。

「デザートにはコーヒー、もしくは紅茶が必需品だと私は考えております。ケーキだけをサービスなど、中途半端でしょう？」

そう言って、マスターが器用に片目をつぶった。愛らしいペンギンのウインクに、思わず頷《うなず》いてしまう。

「ありがとうございます」

カップを持ち上げると、ふわりと心地よい香りが湯気とともに立ち上がる。一口含んでみれば爽《さわ》やかな酸味のあとで、程よい苦みが口に広がっていく。それと共にフォンダンショコラの甘さがスッと溶けていくような、そんな感覚だ。

「すごく美味《おい》しいコーヒーですね」

「恐れ入ります。当店でブレンドした、ペンギンブレンドになります」

ペンギンがコーヒーをブレンドしているとは驚きだが、あれだけ美味しいオニオングラタンスープを作ってくれたマスターなら、なんでもこなしてしまいそうだ。

フォンダンショコラとブレンドコーヒーを堪能《たんのう》するうち、夏帆は幸せな気持ちに満たされていく。自然と頬は緩み、体もポカポカしてくる気さえした。

「ごちそうさまでした」

入った時とは全く違う、自然な笑顔で夏帆は頭を下げる。すると、マスターとギャルソンも笑い返してくれたように見えた。

「よいお顔になりましたね」

「美味しい料理と、マスターとギャルソンさんのおかげです。ありがとうございました」

「こちらこそ、ありがとうございました。またのお越しをお待ちしております」

夏帆の言葉に、マスターは穏やかに頷いてくれた。

帰宅後、夏帆はパソコンでペンギンの種類について調べてみた。

マスターはヒゲペンギンで、南極大陸《なんきょくたいりく》の周辺に住んでいる種のようだ。顎《あご》にある一本線が特徴的だったおかげで、すぐに見分けがついた。黒と白の体に、ピンク色の足がよく映えている。

水族館で見てみたいと思ったが日本では三ヶ所にしかいないらしく、旅行でもないとても行けない距離だ。

残念に思いながら、次にギャルソンペンギンを調べてみる。

どうやらイワトビペンギンの中でも、あのギャルソンはキタイワトビペンギンという種のようだ。黄色い部分は眉毛ではなく冠羽《かんう》と言って、キタイワトビペンギンは特に長くて立派らしい。

ペンギンは十八種類もいるということも、夏帆は初めて知った。今までペンギンはペンギンで、そこに種類があるなんて深く考えてもみなかったのだ。しかし今回、ああやって二種のペンギンを目の当たりにしたことで、違う種類であることを実感できた。冠羽の有無だけでなく、体の形や瞳《ひとみ》の色にも違いがあり、とても興味深い。

もっとペンギンについて調べてみようと思ったところで、着信音が鳴った。通知画面に出ているのは、もちろん彼からのメッセージ受信を知らせるものだ。

ビストロに行く前までならこの画面を見るのも憂鬱だったに違いない。けれど今なら、彼と落ち着いて話せる気がしてくる。

ゆっくりメッセージを開くと、今日部室へ来なかったので心配している旨や、昨日の件について話したい旨が書かれてあった。

「決めた！」

向き合う日を明後日《あさって》に決めて、メッセージを返す。それまでは心の準備期間だ。

自分が伝えたいことを整理して、冷静に言葉にできるように頑張ろうと、夏帆は決心した。

迎えたその日、夏帆は自宅のアパートの前で彼の車を待っていた。

数ヵ月前ならデートだから緊張していたのに、今日はそれとは違う緊張感に襲われている。昨日、暇な時間に伝えたいことを書き出して、何度も何度も反芻《はんすう》した。

相手が不機嫌になっても怯《ひる》まないで、色んな言い訳をされても絆《ほだ》されないで、とにかく自分の気持ちを伝えよう。もちろん相手の気持ちもきちんと聞いて、冷静に話し合いをしよう。

頭の中でもう一度決意した時、彼の車が到着した。

「おはよう、夏帆」

いつもと変わらない笑顔で彼は言った。

一昨日、夏帆が返信したあとから、それまでずっとご機嫌を窺《うかが》うようなメッセージを送ってきていた彼の態度は元に戻ったように思う。ただ、一見普通のやり取りに見えるのに、節々から一昨日《おととい》や昨日も部室に行かなかったことを責める様子が窺えて、マスターからの言葉を思い出さなかったら憂鬱になっていたに違いない。

「おはよう」

まずは色々な気持ちに蓋《ふた》をして、助手席に乗り込んだ。

たわいない話をしながらショッピングモールへ向かい、そこのアウトドア用品店を見て回る。あれこれ見比べる姿は楽しそうで、付き合い始めた頃の彼が戻ってきたみたいだった。

互いに感想を言い合い、和やかな雰囲気のまま、フードコートでお昼を済ませる。

「行きたい場所があるんだ」

そう言う彼に連れて来られたのは、近くの山の中腹にある展望台だ。

これまでも何度か来たことがあるが、この時季に来たのは初めてだった。十一月に入った山は紅葉し、空気が澄んで展望台からは遠くの景色まで見える。

「綺麗《きれい》……」

紅葉の先に広がるいつも住む街の景色は、思わず呟《つぶや》いてしまうほど綺麗だった。普段は少し離れているためすぐには見えない海も、ここからはよく見える。

「夏帆にこれを見せてあげたくて」

「……ありがとう」

得意げな彼の言葉に、夏帆は素直に礼を言う。

そして、一つ深呼吸をしてから切り出した。

「色々、ちゃんと話したいことがあるんだ」

「どうしたの、急に」

少しだけ戸惑った様子を見せた彼だったが、何の話をするのかはすぐに察したようだ。にこやかだった表情には僅かに不機嫌さがにじみ出ている。

「別のサークルに顔を出すのはいいと思うよ。でもそういう予定だったら、もっと前にわかるよね？　なんでいつも当日になってから私に連絡してくるの？」

なるべく感情を入れずに淡々と尋ねると、彼は大げさにため息をついた。

「だからそれは、夜中に急遽《きゅうきょ》決まって、起こしちゃ悪いと思ったんだって。前に夜遅く連絡されるのは嫌いだって夏帆言ってたし、それなら朝に連絡するしかないだろ」

「それはバイト帰り、毎晩のように〇時を回ってから電話をしてきたからだし、まずメッセ送ればいいんじゃないの？」

これまで何度も聞かされた言い訳に、夏帆は少し苛立《いらだ》ちながらも冷静な口調で返す。

「はあ？　お前が夜着信鳴るのは嫌だって言ったんだろ？」

彼は堪《こら》えきれないというように、大きな声を出してから舌打ちをした。

普段だったら、ここで怖くなって黙ってしまっただろう。でも、今日はしっかり話し合いたい。車の中のように密閉された空間ではない分、きっと彼だって冷静になってくれるはずだ。

「寝る時は音鳴らないようにしているから、大丈夫だって言ったよ。それに……あっちのサークルの人から、前日に予定を決めるようなことはほとんどないって聞いたんだけど」

「はあ？」

苛立たしげに再び舌打ちを返された。

思わず肩が跳ね上がったが、なるべく表情には出さないように口を結ぶ。

「何それ、俺が嘘《うそ》ついてるって言いたいわけ？　しかもわざわざあっちのメンバーに訊《き》きに行くとか、俺を疑ってたんだ？　すっげー心外だし、あっちに誤解されたらどうすんの？　俺の評判でも落としたいの？」

「そういうわけじゃ……」

「実際そうなるだろ！　お前が余計なことを訊いたら！」

これまでで一番の声で怒鳴りつけられて、夏帆の体も表情も強張《こわば》った。

そんな夏帆を見て、腕を組んだ彼はまた大げさにため息をついてみせた。

「お前さあ、いつも言ってるだろ、考えて行動しろって。なんでそうやって余計なことすんの？　俺のこと全く考えてないで行動して、本当、ダメなヤツだな！　最悪だよ」

頭が真っ白になってくる。ごめんなさいと、口にしたくなってくる。

けれど、これは自分が悪いのだろうか。

こんなに責められるようなことをしたのだろうか。

なにか言いたいのに、唇が震えて言葉が出てこない。

彼の顔を見るのも怖くて、視線を上げられない。

「まーたそうやって黙る。本当、そういうとこもダメだよな」

夏帆が黙ったことで満足したのか、吐き捨てるように言って彼は車に戻っていく。

ついて行こうと思ったが、足がすくんで動かない。

立ち尽くしている夏帆の耳に、車のエンジン音が響いてきた。

乗れということだろうか、それとも置いていくつもりだろうか。

頭がうまく回らないままゆっくり顔を上げると、彼の車が出発しようとしているところだった。追いかけるか追いかけないかを考える間もなく、車は駐車場から出ていく。

呆然《ぼうぜん》としながら、夏帆はふらふら歩いてベンチに腰を下ろした。

何をやっているんだろう。

話し合おうと意気込んで色々と頭で準備をしていたはずなのに、結局このありさまで。

やっぱり、彼の言う通り自分はダメなんだろうか。

ぼんやり目の前に立っている棒を見上げると、どうやらここはバス停のベンチだったようだ。置いていかれてどうしようかと思っていたが、バスがあることに気づいて、夏帆は立ち上がった。

幸い、今日はショルダーバッグだったこともあって荷物は全部持っている。バスに乗るのに困ることはないと思ったが、すぐに絶望した。

時刻表を見ると平日は極端にバスの本数が少なく、次に来るのは一時間以上あとだ。一時間ここで待つか、それとも歩くか。

一瞬だけ悩んで、夏帆は道路の方へ歩き始めた。

今日は運動靴を履いているし、車で十分ほど上ったということは一時間もかからず下りられるだろう。ずっとあそこで座っていたら、惨めな気持ちになって泣いてしまうかもしれないし、それなら動いている方がよっぽどいい。

歩きながら頭を整理して、また向き合う日を決めよう。

動き出したことで、心もさっきより前向きになれる気がした。

赤や黄色に色付いた木の葉のトンネルをくぐり、背筋をピンと伸ばして歩けば、冬の訪れを感じさせる冷たい空気が気持ちよく感じられる。舗装された道を歩くだけだが、風景が散歩気分にさせてくれた。

そうして、歩き始めて五分ほど経《た》った頃だった。

上ってきた車がふと夏帆の横で停車する。車体の横に書いてある文字から、山の頂上付近にある施設の車だとわかった。

「歩いて下りるのですか？」

助手席の窓が開いて、運転手が声をかけてくる。

よく顔は見えないが、中年、もしくはもっと年のいった男性の声だった。淡々とした口調なのに冷たくは聞こえず、むしろどこか柔らかさすら感じられる。

「はい。一緒に来た人とちょっと揉《も》めたら置いていかれてしまって……」

口にしてからしまったと思った。そんな揉めたなんてことまで言わなくてよかったではないか。こんな全く知らない相手に言ってしまうほど、誰かに聞いて欲しかったのだろうか。

「バスの時間も見たんですけど、あと一時間以上待つんで、それなら歩いちゃえって思ったんですよ」

愛想笑いを浮かべて夏帆は早口で付け足した。

「そうですか」

少し屈《かが》んで車の中を覗《のぞ》いてみると、白髪交じりの男性が運転席に座っていた。スーツをかっちり着込んで、髪を後ろに流し、清潔感のあるおじ様というイメージだ。愛想が良さそうなタイプではないが、声と同じように冷たい空気はない。

今もたった一言だったが突き放すような言い方ではなく、むしろ何か考えているのかな、とすら思えるから不思議だ。遠い昔にどこかで会ったことがあるのではと思えるくらい、彼の空気は心地いい。

少しだけ間を空けてから運転手が再び口を開いた。

「私はこのあと予定があって送っていけませんが、施設の者がちょうど外出する時間ですので、貴女《あなた》を乗せてくれるようお願いしておきます」

「えっ！　いやいや、大丈夫です！　悪いですし、これくらいなら歩けるんで」

そうすることが普通かのように言われて、夏帆は大慌てで手を振った。

「そうですか？」

「はい、あの、お気遣いありがとうございます」

頭を下げると、フッと笑ったような空気を感じた。

「ここは意外に車の通りがあるので、お気をつけください」

「はい、ありがとうございます」

夏帆がもう一度頭を下げたあとで、男は車を発進させた。

なんだか不思議な空気を持つ人だったなと、考えながらも再び歩き出す。山の空気とあの人の空気のおかげで、なんだか先ほどまで夏帆を覆っていた黒い靄《もや》が半分くらい晴れた気がするほどだ。

でも、今後を考えるとまた気が重くなる。どうしたら彼と落ち着いて話ができるのだろう。車の中で話したらこれまでと同じような繰り返しになってしまうし、もっと人の多いファミレスなどで話すべきだろうか。いっそ、もう話すことなどあきらめた方がいいのかもしれない。考え出したら段々足も重くなってきた。

大きなため息をついたその時、背後から下ってくる車に気づき、無意識になるべく端に寄っていく。

しかし、車は夏帆の横で停車した。

運転席側の窓が開き、夏帆よりも一回りほど年上の女性が手を振ってくる。

「こんにちは。下まで良かったら乗っていきませんか？」

よく見ると、先ほどの男性が乗っていたものと同じ施設の車だとわかる。本当にあの人は他の人に頼んでくれたんだと思うと、なんだか泣きそうになった。

女性は優しい笑みを浮かべたまま、待っているようだ。

涙を堪えて、夏帆も微笑《ほほえ》んだ。

「お願いしても、よろしいですか？」

助手席に乗りこんですぐ、女性がここに来るまでの経緯を話してくれた。思った通り、先ほどの男性が買い出しついでにと言って頼んでくれたようだ。

「あの人、私の上司でね。愛想はないから怖がられること多いんだけど、すごくいい人だから」

「やっぱり。空気でそう思いました」

それから少しだけ施設について教えてもらい、近々遊びに行くことを約束した。家まで送ると言ってくれたのを丁重に断って、山の麓から少し先にある女性の目的地の近くで降ろしてもらう。

穏やかな気持ちで車に手を振りながら見送っていた夏帆の耳に、着信音が聞こえてきた。

人の優しさに触れて穏やかな気持ちになれたのに、それをぶち壊されたような気分だ。

見なくても誰からのメッセージが届いたのかわかった。

取り出した携帯の通知には『いまどこ？』というメッセージが出ている。もしかすると展望台に戻ってきたのだろうか。考え出すとまた黒い靄が体を覆っていく。

返信する気にもなれず、自宅に向かおうとしたところで気づいた。

今いるのは、昨日のビストロの近くだ。

意識してしまえば、もう夏帆の足は止まらなかった。体も心もまだ重いが、目的を持っていれば足は進む。色んな気持ちを振り切るように昨日も通った道を早歩きで進んで行くと、あっという間にビストロに到着していた。

ドアにかかった『OPEN』の文字にホッとしながら、そっとドアを開ける。

カランッと可愛い音が鳴り響き、美味《おい》しそうな香りが鼻先をくすぐった。それだけで体の強張りが和らいでいく。

「いらっしゃいませ、織田様」

マスターの体全体にまで響き渡りそうな声と、それより少し落ち着いたギャルソンペンギンの声が重なる。

「どうぞこちらへ」

マスターに促されるまま、夏帆はこの前と同じカウンター席に座った。ふと、マスターに名乗った覚えがない気もしたが、さほど問題でもないだろう。

今日は先客が奥のテーブルに座っているようだ。ペンギンが店員のお店にくるのは一体どんな人物なのか気になったが、すぐにギャルソンペンギンが水の入ったグラスとメニューを持って現れた。

「メニューをどうぞ」

まだ二回目なのにどこか安堵《あんど》感をもたらしてくれる声に思えるのは、マスターもギャルソンペンギンも穏やかな口調だからだろうか。

「ありがとうございます」

受け取った夏帆はメニューに目を通す。

ランチコースはメインに本日の肉料理、魚料理のどちらかを選ぶと、あとはスープとドリンクが付いてくるらしい。他には一品料理も選べるようだが、心はほとんどランチコースで決まっていた。

「本日のお肉料理はなんですか？」

「肉、魚ともにマスターおまかせ料理になります」

ギャルソンペンギンの言葉に、夏帆の心が弾んだ。あのオニオングラタンスープを薦めてくれたマスターの選択なら、きっと次も美味しいに違いないと思うのだ。

「じゃあ、ランチコースでお肉料理をお願いします！」

「かしこまりました」

軽く頭を下げて、ギャルソンペンギンがメニューを下げた。

オーダーが入ってすぐ、マスターが動き出す。長い尾羽をひょこひょこ左右に揺らしながら、マスターは厨房《ちゅうぼう》の奥へと進んでいった。

こうしてヒゲペンギンとキタイワトビペンギンを比べると、体の大きさ、形の違いはもちろん、尾羽の長さも違うことがよくわかる。キタイワトビペンギンもしっかり尾羽があるが、ヒゲペンギンのそれは一段と長い。だから余計に、この二種のペンギンは様になっているのだろう。

マスターがコンロに置かれている寸胴鍋から、スープらしきものを器へ注いでいる。

今日のスープはなんだろうか。

夏帆の位置からでは判断できなかったが、もう少しの我慢だ。

ギャルソンペンギンがお盆にスープ皿を載せてこちらへ向かってくる。左右に体を揺らしながらも跳ねたりせず、オニオングラタンスープの時のように、零《こぼ》さずに運んできた。

「お待たせいたしました。クレシー風ポタージュになります」

オレンジ色でとろみのあるスープには上にパセリが散らされ、色味だけでも美味しそうだ。その横に置かれたバスケットには、パンが入っている。

「クレシー風？」

「そちら、にんじんのポタージュになります」

夏帆が首を傾《かし》げると、カウンターの中で調理をしているマスターが顔を上げた。

「フランスの北部クレシーという地方はにんじんの名産地です。そのため、にんじんを使った料理をクレシー風と呼ぶようになったそうです」

「にんじんのポタージュ……いただきます！」

軽く手を合わせてから夏帆はスープを口に運んだ。

口当たりのまろやかなスープが口内に広がり、同時にニンジンの香りが鼻に抜けていく。バターやクリームのコクと共にやってきたのは、ニンジンの甘みだ。

「美味しい……」

じんわりと広がった甘みは口の中にいつまでも残るが、不快ではない。むしろずっと美味しさが続くようで、自然と口角が上がっていた。

前回のオニオングラタンスープとは全く違う食感、違う味だが、どちらも野菜の甘みがギュッと濃縮されている感がある。

一緒に出されたパンも外はパリッと、中はモチッとしていて美味しい。程よい塩気がスープと混じると、味に変化が出て楽しくなった。

マスターの様子を窺《うかが》うと、奥のコンロで調理中のようだ。微《かす》かに焦げたバターのような香ばしい香りと、何かを揚げているようなジュウジュウという音が聞こえてくる。

一体何を作っているのだろうと気にはなるが、目の前の料理を堪能《たんのう》する方が大事だ。体はそれほど冷えていないと思ったが、こうしてポタージュスープを飲んでいるとポカポカしてくるのがわかる。

一口一口楽しみながら食べていると、あっという間に器の底が見えてしまった。少し物足りなさを感じているところに、芳《こう》ばしく濃厚な香りが漂ってくる。

「お待たせいたしました。鶏《とり》のコルドン・ブルー、トマトソース添えです」

ギャルソンペンギンが夏帆の目の前に置いた皿には、トマトソースが添えられたカツレツのような物が載っていた。こんがりとキツネ色に揚げられたカツレツは半分にカットされており、断面からとろりとチーズが垂れている。そのチーズの上下を挟んでいるピンク色は、ハムだろうか。

さきほどから鼻をくすぐっているバターの香りや、ブロッコリーやアスパラなどの緑の野菜と赤いトマトソースの彩りが、食欲を刺激する。

「フランス風のチキンカツレツでございます」

「いただきます」

コルドン・ブルーに手にしたナイフを入れると、サクッと音を立てた。一口サイズに切って夏帆は口に運ぶ。

サクサクの歯ごたえのあと、バターとチーズが混じり合い、濃厚で芳醇《ほうじゅん》な香りが鼻孔に広がっていく。口の中では鶏肉の柔らかさに溶けたチーズが絡み合い、肉の旨《うま》みとハムのスモーキーな味が全体を引き締めた。

そこへ、トマトソースだ。全ての味と混じり合っても負けないで残る甘みと酸味は、後味を爽《さわ》やかなものにしてくれた。

よくあるササミチーズカツも美味しいが、これは格別だ。濃厚なのにさっぱりしていて、いくつも食べられそうな気がしてくる。

「これも、本当に美味しいです」

「恐れ入ります」

夏帆が感嘆の声を上げると、どこか照れたようにマスターが蝶ネクタイを整えた。

「コルドン・ブルーは鶏肉を叩《たた》いて薄くし、ハムとチーズを挟んで揚げ焼きにしたもので、フランスでは家庭でよく食べられるようですよ」

確かに家でも食べたい味だと夏帆は納得する。サクサクの食感、芳醇な香り、そして見事に調和の取れた味は、今後も定期的に食べたいと思えるほどだ。

美味しさを堪能し、夏帆はすっかりここ最近にあった嫌な気持ちを忘れ去っていた。

現実を思い出させたのは、携帯の着信音だ。

鳴った瞬間、夏帆の肩は跳ね上がった。

その後、何度も立て続けに着信音が鳴る。

心臓が耳の真横に移動してきたのかと思うくらい、鼓動が大きく鳴り響いていた。呼吸が段々と浅くなり、息苦しさすら感じてくる。

「織田様」

狼狽《ろうばい》して我を忘れそうになる夏帆の耳に、全身を心地よく揺らすような低音が、穏やかに入り込んできた。

まるで水の中に沈んでいたのを水面に引き上げてもらったような感覚で、顔を上げる。

「あまり楽しいお知らせではないようですね」

「あ、あの……そう、ですね」

マスターの心配そうな声に、夏帆は戸惑いながらも頷《うなず》く。

この可愛いマスターを心配させるなんて、いったい自分はどんな顔をしているのだろう。

「きっと、ろくでもない男からの連絡でしょ？」

初めて聞く声に、驚きながら横を見た。

焦げ茶の髪に薄茶のメッシュの入った、少し釣り目で、どちらかというと派手な顔立ちの女性がいつの間にか夏帆の横に座っている。年齢不詳で、ジーンズにボートネックのニットというラフな格好だが、彼女にはよく似合っていた。

「ろくでもない……」

彼のことをそう言っていいものか悩んで口に出すと、女性がニコリと笑った。

「あら、違った？　貴女《あなた》みたいな若い子にそんな顔させるのは、大抵ろくでもない男の仕業だと思ったんだけど。ねえ、マスター？」

女性が早口で言うと、マスターが少し苦笑いのような表情を浮かべた。

「どう、なんでしょう……？」

思わず疑問符を付けてしまったくらい、自信がない。

彼が怒るのは夏帆が余計なことをしたり言ったりした時や、手際が悪かった時などだ。だからお前はダメだと言われても納得できた。今日の件だって夏帆が彼を怒らせたから起こったことで、もっと別の言い方をすれば置いていかれるようなことはなかったはずだ。

「アタシ、エナって言うの。アナタは？」

「夏帆です」

つられて思わず名乗ると、エナは満足そうに、けれど優しく微笑《ほほえ》んだ。

「夏帆、よかったら話してみなさいよ。客観的意見ってのはすごく大事よ。特に、男女間の問題だとね」

「けど……」

「大丈夫よ。どうせアタシだけじゃなくて、マスターやギャルソンさんだって相手と面識がないんだから、安心して」

夏帆の不安に答えるように、エナが意志の強そうな瞳《ひとみ》を細めて笑った。

すると、今度はマスターが優しい瞳を向けてくる。

「そうですね。相手を知らないからこそ、事実のみから判断することもできると思います。もちろん、織田様の主観のお話を聞くわけですから、完全に客観的にはならないかもしれません。ですが、人に話すことで見えてくる自分の気持ちというものもありますよ」

マスターの優しい声で言われると、そういうものかと思えるから不思議だ。

横のエナもウンウン頷いていて、余計に心強くなってくる。

「実は……最近彼氏と揉《も》めることが多いんです」

夏帆が切り出すと、マスターもエナも身を乗り出すようにして頷いた。

「彼とはサークルが一緒なんですけど、デートの時に怒られるようになったんです。でも、初めのうちは車の中で水を零したとか、店員さんに迷惑をかけたとか、人が並んでいるのに気づかなかったとか、確かに私が悪いことばかりでした」

自分の不注意が招いたことなので、怒られても仕方がない。

だけど、思い出すと心は重くなってくる。

「それからだんだん、サークル活動のあとにもダメ出しをされるようになって……皆に案内を配るタイミングとか、事前の準備不足とか、そういう小さなこと……だけど、これだって私が悪いことばかりです。だから彼はいつも『お前のために言ってる。お前に直して欲しいから』って言うし、そういうのを教えてくれてありがたいなって気持ちもありました……」

そこで言葉が詰まった。

ありがたいと思っているのは事実だ。でもそれだけじゃない、違う気持ちがあるのも事実だ。その違う気持ちを、うまく言葉にできない。

このまま話を続けていいのか迷ってエナへ視線を向けた瞬間、夏帆は驚いて言葉を失った。先ほどまで人間の女性だったエナの姿が、まるで別物になっていたのだ。

犬に少し似ているが、犬よりも大きな丸い形の耳に円《つぶ》らな瞳、黒っぽい顔に体の斑点模様――この姿は、この前何かのテレビで見たハイエナにそっくりだ。ジーンズを穿《は》いて、ボートネックのニットを着ているのに、ハイエナだ。

目が合って、エナがにこりと笑う。その優しい瞳に彼女の姿がどういうものでも関係ないような気がしてくる。そもそもここはペンギンのマスターがいて、ペンギンのギャルソンがいるビストロだ。お客としてハイエナがいることも不思議ではない。むしろ、他の動物がいる方が自然なのかもしれないとも思えてくる。

おかげで気分が解《ほぐ》れた夏帆は、先を続けることにした。

「そこまでは、多分、呑《の》み込めていたんです。自分が悪いところがあったのは間違いないし。けど、最近約束を直前でキャンセルされることが多くなって、私の不満が溜《た》まってきました。それで、ついさっき思わず、なんで当日にキャンセルするんだ、もっと前にわかるんじゃないかって言ったら怒らせてしまって……そしたら、展望台に一人置き去りにされたんです」

思い出して、夏帆は拳《こぶし》をキュッと握る。

「何それ。それって今の話よね？」

「はい……」

どこか怒気を含んだエナの声に、夏帆は頷いた。

「そんなことしたクセに何度も連絡してくるって『どこにいるんだ？』『迎えにきてやったぞ』ってこと？」

「なんでわかるんですか？」

通知画面しか見ていないが、ほとんど正解だ。

「ろくでもない男は大抵そんなもんよ」

驚く夏帆に、エナは肩を竦《すく》めて答える。

「やっぱり、ろくでもないんですかね……」

「当然よ。どんな理由があっても、一緒に来た相手を展望台で置き去りにするなんてありえないでしょ？　たとえば最寄りの駅で降ろすとか、ちゃんと帰れるようにしてあげないと。もちろん、一緒にいたら安全じゃないとかいう場合には別だろうけどね」

「そうなんでしょうか……」

言いきられると、そんな気がしてきてしまう。

「あと、アタシは『お前のためを思って言ってるんだ』って言葉、大嫌いなの」

「え、なんで？」

予想外の言葉に夏帆は思わず聞き返す。

「本当に相手のためを思うなら、もっと言い方だって優しくできるはずよ。だいたい親じゃない、ただの交際相手が何様のつもりって思わない？」

「えっと……」

「マスターはどう思う？」

夏帆が言いよどむと、エナはマスターへと目を向けた。こんな話を振られてもマスターが困るだけではないだろうかと心配したが、彼は穏やかに微笑んでいる――ように見える。

「そうですね……誰かのためを思って言う言葉には、優しさが必ず含まれているはずです。厳しい言い方だったとしても根底に優しさが見えれば、相手はそれを感じ取れるのではないでしょうか。逆にそれを感じ取れない場合は、ただ言いたいだけ、ただ支配したいだけ、という可能性もあると私は考えます」

「それよそれ！　いいように扱いたいだけなのよ」

マスターとエナの言葉を、夏帆は頭の中で反芻《はんすう》していく。

彼はどういうつもりで注意してきたのだろうか。

本当に夏帆に改善して欲しい気持ちからの言葉だったのだろうか。

彼の言葉や態度から、夏帆への優しさは見えていただろうか。

「コルドン・ブルーは、切られていなければただのチキンのカツレツに見えます。トマトソースがかかっていても、なんとなくこんな味だろうと、予想がつくでしょう。ですがナイフを入れると、中にチーズとハムが入っていると気づきます。実際に口に入れてみるとそれらの味が口の中で調和し、トマトソースがその味を引き立たせることも感じられるはずです」

マスターの説明が何を意味するのかわからないが、コルドン・ブルーの美味《おい》しさを思い出して夏帆は深く頷く。

「貴女の気持ちも、決して一つではないでしょう。相手に言われてハッとする気持ち、拒否したい気持ち、嬉《うれ》しかったり、悲しかったり、表面から見ただけではわからないくらい色々あると思います。人の感情は単純ではありませんから。ですが、全ての感情をひっくるめて全体として見た時に貴女の中に残る後味、気持ちはなんでしょう」

「私の中に、残る気持ち……」

彼に怒られたあとで夏帆が感じる気持ち、それはなんだろう。

私のために言ってくれたのだと、思えているのだろうか。

「相手の言葉が貴女への優しさからくるのかどうか、それは表面が少ししか見えていない私たちでは断定できません。ですが優しさがあろうとなかろうと、貴女が最終的にどう感じるのかはとても大事な判断基準です。一つ一つで考えれば流せた違和感も、積み重なれば見えてくるものがあるのではないでしょうか。ですので、後味について少し考えてみるのはいかがですか？」

なるほど、と思った。

彼から言われた時の表情、空気、そして言葉自体はどんなものだったのか。今までのことを一つにして考えてみることにした。

思い出すと胸が苦しくなり、不安な気持ちが押し寄せてくる中、なぜだか眠くなっていくのに気がついた。

話を聞いてもらっているような場で眠るなんてとんでもないとわかっているのに、瞼《まぶた》が重くて仕方がない。

マスターとエナの話している声が頭の中に響いてくる。ちゃんと聞かなくてはと思っても、夏帆はもう目を開けていられなかった。

目を開けると、大学のキャンパスらしきところにいた。

見覚えのない建物だがなんとなく既視感のある雰囲気だし、学生らしき姿もたくさんある。

けれど、何かがおかしい。

夏帆の視界に入るのはウサギ、タヌキ、ゾウ、サル、クジャクにワシと、学生たちが誰も彼も動物なのだ。動物なのに学生だとわかるのは皆が服を着て、二足歩行しているからだ。

リュックを背負ったり、教科書を手に直接持っていたり、動物であること以外はよく大学で目にするのとほとんど同じような光景だ。

さっきまでビストロにいたはずなのに、どうしてこんな場所にいるのだろう。

戸惑いながらも、携帯を確認しようとして気づいた。自分の腕は薄茶色の毛に覆われていて、黒い斑点がある。どう見ても人間のそれではなく動物の腕だ。

慌てて自分の姿を確認するために走り出す。

建物の窓ガラスに映った姿を見て、呆然《ぼうぜん》とした。さっきまで一緒にいたエナと同じように、ハイエナになっているのだ。

夢でも見ているのかと思うが、それにしては風が体の毛を撫《な》でていく感触が現実的過ぎる。

「ボーッとしちゃって、どうしたの？」

肩を叩《たた》かれて振り返ると、同じような、でもどこか自分とは違うハイエナが立っていた。同性だというのは服装からも声からも、そして顔からもわかる。

「あ、ごめん……ちょっと、考えごとしてた」

「なにやってんのよ。ほら、行くよ」

友達らしきハイエナに手を引かれて夏帆は歩き出した。

改めて周囲を見れば、やはり動物だらけだ。ここは一体どこなのかまるで見当がつかないが、エナやマスターの世界はこんな感じなのだろうか。

「おい」

不機嫌そうな男性の声に、夏帆の肩が跳ね上がった。

振り返ると同じハイエナの、今度はオスが立っている。彼は声と同じように苛立《いらだ》たし気な表情をこちらに向けていた。

「お前、なんで返信よこさないの？」

「え……」

心当たりがなくて夏帆が言葉に詰まると、男が鼻で笑う。

「わざわざこっちが連絡してんだからさ、ちゃんと返事しろよ。そういうことしてっとお前のこと誰も相手にしなくなるぞ？」

どこかで聞いたことのある台詞《せりふ》だ。そういえば、彼も『このままだとお前のこと誰も相手にしなくなる』と夏帆に言ってきた。

「俺は、お前のために言ってんの。お前ただでさえクランで最下位なんだからよ」

クランという言葉の意味がわからなかったが、以前見たテレビでハイエナの群れをそう呼ぶのだと言っていたような気がする。ということは、群れの中で自分は一番下の立場だということか。

「ちょっと、アンタさ」

それまで夏帆の隣で黙っていたメスの友人が、半眼になって一歩ずいっと前に出てきた。

途端、驚くほどオスの顔が引きつっていく。

「え、あ……いたんだ」

「何この子にマウント取ってんの？」

「いや、それは……その……」

オスはしどろもどろになり、体を縮こまらせる。

「クランで下だから……し、心配になって……」

「ハッ！　オスのアンタが、心配？　クランとか言い出すなら、この子よりもアンタの方が下位なんだけど、わかってんの？」

友人が腕を組み、鼻で笑った。

そういえばハイエナはメス社会で、メスの方が強いと見たのを思い出す。彼女が言っているのはそういうことだろうか。

「どうせ、この子が優しいからって上に立って優越感に浸りたいだけなんでしょ？　他ではゴマ擂《す》ることしかできないような、情けないヤツだからさ！」

「な、な、そんなこと……」

図星を指されたような顔で、オスは一歩後ずさる。だが友人はそれを逃がさないとばかりに彼に一歩踏み込んで鼻先に指を突きつけた。

「そうじゃないって言うなら、アタシにも『そういうことしていると誰も相手にしなくなる』とか言ってごらんなさいよ」

「いや、それは……」

この様子を見ると、きっと友人はクランの中でも上位なのだろう。よく見れば、彼女の体はオスよりも大きく、毛並みも立派だ。そのせいか、威厳もあるように感じられる。

「今後この子になんかしたら、タダじゃおかないからね！」

友人が再度凄《すご》むとオスは無言で尻尾《しっぽ》を巻いて逃げていった。最後は顔を引きつらせていて、なんだか少し胸がスッとする。

「全く……アンタもアンタよ」

オスの後ろ姿を見送ってから、友人が大きく息を吐いた。呆《あき》れられたのかと思ったが、振り返った友人の顔には少しの怒りと、悲しみのような表情が浮かんでいる。

そして夏帆の両手をそっと優しく包み込んだ。

「なんであんなオスにバカにされてんの？　クランの順位なんて関係ない。アンタのことをバカにするヤツに従う必要なんてどこにもないの」

「……うん」

友人が泣きそうな顔をしていて、彼女がどれほど心配してくれているのかが伝わってくる。

「アンタはアンタなの。たとえアンタにダメなところがあっても、誰かに軽んじられていい存在なんてどこにもいないのよ。自分をもっと、大事にしてよね」

「自分を……大事に……」

考えたこともなかった。

人の言葉は自分よりもずっと客観的だし、受け入れるべきなんだと思っていた。

「そうよ。まずは自分で自分を大事にして。そうしたらアンタをないがしろにするヤツの言葉なんて、気にならなくなるわ」

夏帆の中で先ほどのオスハイエナと、彼の顔が重なった。

そうか、自分はずっと彼に大事にされていなかったのだ。ああやって怒られるのも、約束を反故《ほご》にされるのも、全部それの表れだったのだ。

「それから、アンタを大事にしている誰かがいるってこと、ちゃんと覚えておいてよね。アンタが軽んじられるってことは、アンタを大事にしている誰かも軽んじられてるってことなのよ。そんなの、許せる？」

「……許せない。アナタが軽んじられるのは、嫌だよ」

「でしょ？　こんなに可愛いアタシたちを軽んじるなんて、それだけで罪なんだから」

友人がどこかいたずらっぽく笑うので、思わず夏帆も笑顔になった。

正直、自分に自信はないし、自分を大事にできるかはわからない。

けれど、自分を大事にしてくれている誰かのためなら――そう考えた時、視界が真っ白に染まっていった。

目を開けるとBISTRO PENGUINの店内が視界に飛び込んできた。

店内を見回すと、テーブルをセットしているギャルソンペンギンとカウンター内で作業をしているマスターの姿がある。でも、もうハイエナのエナの姿はなかった。

先ほどまでのは夢だったのだろうかと思いながら、自分の手を見てみる。当たり前だがいつも通りの人間の手がそこにあり、ホッとした。

だけどハイエナの友人が握ってくれた手の優しくて温かい感触は、夢だとは思えないくらい鮮明に夏帆の手に残っている。

どういうことなのかよくわからないが、あの温《ぬく》もりが夏帆に力をくれるような気がした。

「よいお顔になりましたね」

カウンター内から声をかけられて、夏帆は顔を上げた。

心の中に、迷いはない。

「はい。マスターたちのおかげで、色々ふっきれそうです。私はもっと、私を大事にしてくれる人に目を向けるべきだったんですね」

胸に手を当てて言った自分の言葉が、スーッと体に沁《し》み込んでいくような気がする。

マスターが目を細めて、穏やかな笑みを浮かべた。

「貴女《あなた》を助けてくれる方がちゃんといると、気づかれたのですね」

「はい。家族だけじゃなくて、ずっと心配してくれてた人が私にもいました」

脳裏にはあの友人の綺麗《きれい》な顔が浮かんだ。私を軽んじることは、友人を軽んじること
——そんなのは、とても許せそうにない。私がどんな人間だとしても、あの人は誰かに軽んじられていい人間ではないのだ。だから私だって、誰かにどうでもいい扱いをされてはダメなのだ。

「織田様なら、この先もずっと寄り添ってくれる誰かが傍《そば》にいるはずです。その人たちのためにも、ご自身を大事にされてください」

「はい。ありがとうございます」

マスターの言葉を心で嚙《か》みしめながら、夏帆は頭を下げた。

「まずは別れます！　それでサークルに居づらくなったら、その時はその時です！」

自分の居場所は一つではない。

彼と別れたら全てを失うわけでもない。

そう思ったら、どんどん心は軽くなる。

「ご健闘をお祈りしております」

今度は横からした声に驚きながら振り返ると、ギャルソンペンギンが微笑《ほほえ》みながら立っていた。

いつでも淡々として、必要なことしか言わなかった彼の言葉が、心の中に優しく浸透していく。これまでずっと見守ってくれていたような気さえしてくる。

「ありがとうございます、ギャルソンさん」

自然な笑顔で礼を言ってから、夏帆はビストロをあとにした。

もう体は重くない。黒い靄《もや》なんてどこにもない。

自分のため、周りの人のため、ちゃんとしっかり歩き出すんだ。

そう決意した夏帆の携帯から着信音が鳴り響く。鞄《かばん》から取り出すと、画面には彼の名前が通知されていた。先ほどまでなら躊躇《ちゅうちょ》して出なかっただろうが、今は違う。

「もしもし？」

「おい、どこに行ったんだよ。せっかく戻ったのに」

落ち着いた気持ちで電話に出ると、彼の不機嫌そうな声が聞こえてきた。これまでだったらきっとこれだけで怯《ひる》んでいたことだろう。

「もうそんなところにいないよ。それより、私たち別れよう。もう貴方《あなた》の機嫌を窺《うかが》うのも馬鹿馬鹿しくなったから」

「は？　何言って……」

「そうやっていちいち威圧されるのもうんざり。じゃあ、さようなら」

「ちょ……っ」

うろたえた様子の彼に構うことなく、夏帆は電話を切った。

鼓動は僅かに早くなっているが、恐怖からではない。

「よおし！　言ってやった！」

すっきりした気分で彼からの連絡をブロックして、次に夏帆は大事な友人へメッセージを打つことにした。


「いかがでしたか、BISTRO PENGUINは」

客のいなくなった店内に、マスターの低音が響いた。

「悩める者が辿《たど》り着く場所……良《い》い場所ですね。本当に」

ギャルソンはグラスを拭きながら、しみじみと口にする。

「そう言っていただけて何よりです。少しでもお客様の心を軽くするように努めております。そうして晴れやかになったお顔を見るのが、私にとっては何よりの報酬なのです」

調理場を拭きあげるマスターの柔らかな表情からも、それが彼にとって本心であることが伝わってくる。

「彼女はもう、大丈夫でしょうね」

「ええ。織田様はこの後しっかり自分で未来を選び取りますよ」

まるで見てきたかのようなマスターの言葉だったが、ギャルソンは納得したように頷《うなず》いた。

「しかし、少しサービスが過剰では？　もう少し経営というものについて考えた方がよいのでは？　だいぶ赤なのでしょう？」

「いえ、そんなことはありませんよ」

片眉を上げてギャルソンがニヤッと笑うと、マスターはごまかすように両翼をばたばたと上下に振った。それから一つ咳払《せきばら》いをして、クチバシを上に向け、蝶《ちょう》ネクタイを整える。

「私も工夫しておりますし……さあ、次のお客様がいらっしゃいますよ」

二皿目　全てが正解のポトフ

「奏太《かなた》、実結《みゆ》の用意手伝って」

朝起きて机に座っていた天木《あまぎ》奏太は、母親からの呼び声に顔を上げた。

「はーい」

慌てて読んでいた図鑑をランドセルに詰め込んで、部屋を出る。

リビングのドアを開けるとすぐに不機嫌そうな顔の妹が、奏太の胸に飛び込んできた。

幼稚園のシャツとスカートは着ているが、まだ首元のリボンは着けていない。

「おにいちゃん、リボンやって！」

顔を少し上げ上目遣いで実結が言うと、奏太は思わず苦笑いを浮かべた。

「ええ……自分でできるだろ」

「やあだ、おにいちゃんがやって」

「さっきから、お兄ちゃんがいいって言ってて……ごめんね、奏太」

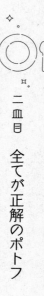

台所から朝食を盛りつけた皿を持って現れた母親が、申し訳なさそうに眉を寄せる。

「おにいちゃん、はやく」

「はいはい」

抗議するようにその場で飛び跳ねる実結をなだめながら、奏太は制服のリボンを手にした。

スナップボタンで着けるリボンは、まだ四歳の実結には難しいらしい。自分でやろうとしなければいつまで経《た》ってもできないのではと思うが、母と妹に頼まれれば断るわけにはいかない。

「ほら、ご飯食べちゃって」

「おにいちゃんも、いっしょにたべよ」

「うん」

まだ食べるのが下手な妹の補助をしながら、奏太も食べ始める。汚れた口元を拭いたり、零《こぼ》した食べ物を拾ったりする合間に、大急ぎで口に運んだ。

「今日もお迎えお願いしてもいい？　お父さんのところに寄ってくるから」

台所でサッとコーヒーだけを飲んだ母が、申し訳なさそうに言ってくる。

「わかった」

「ご飯は予約してあるし、作り置きが冷蔵庫に入っているから、二人で先に食べててね」

「うん」

「もーおなかいっぱい！」

頷く奏太の横で、実結がお皿をテーブルの奥に追いやった。

「半分しか食べてないよ。もっと食べないと、給食までにお腹《なか》減るよ」

「めんどくさいから、おにいちゃんたべさせて」

「はいはい」

初めからこれが狙いなのはわかっている。奏太は時計を確認してから、妹のスプーンを手にした。

仕事の準備に忙しい母に代わって妹の朝の支度を手伝うのは、もう日常になっている。

実結の幼稚園は預かり保育があるので六時まで預かってもらえるが、この数ヵ月は母が間に合わないことが多々あり、そういう時は奏太が迎えに行く。

「ああ、ごめん奏太。ちょっとトラブルがあるみたいで、お母さんもう行かなくちゃいけないの。実結送ってってもらってもいい？」

携帯を手に慌ててリビングに戻ってきた母が、それだけ言って玄関へ急ぐ。

「うん、わかった。いってらっしゃい」

「ごめんね、いってきます！」

母の声が聞こえてすぐ、ドアの閉じる音が響いた。

ようやく実結に食べさせ終わってから、もう一度時計を見る。実結を送ってから登校するなら、すぐに出発しないとダメだ。

「実結、早くブレザー着て。もう行くよ」

「はあい」

お皿を流しに下げながら声をかけると、妹がのんびり動き出した。

洗っていく時間はもうない。帰ってからやろう。

そう決めて、奏太も自分の準備を急ぐことにした。


「おーい奏太、ドッジ行くぞ」

中休みになってすぐ、友達からの誘いに本を読もうとしていた奏太は顔を上げた。

「うん」

隠すようにしてサッと本を机の中にしまい、立ち上がる。

ボールを抱えた男子を先頭に、何人ものクラスメイトたちが四年三組の教室から飛び出していった。その列の最後に奏太も加わることにする。

階段を駆け下り急いで外履きに履き替えたら、誰もが一目散に校庭へ飛び出していった。

「よっしゃ、コート取れた！」

先頭だった男子が、校庭の端にあるコートの真ん中でガッツポーズをした。

無限にある校庭ではないため、場所取りは子どもたちにとってかなり重要な要素だ。一応中休みと昼休みには三、四年生用のコートとして割り当てられているが、他のクラスとの取り合いは日常茶飯事なのだ。

とはいえ、ドッジボールをしていれば、それこそクラス関係なく参加者は増えていく。今も出遅れた一組の生徒が「入れて」と駆け寄ってきている。

僅かにパラパラ小雨《こさめ》が舞っているが、そんなことはお構いなしのようだ。

これくらいの天気なら教室で本を読めるかと期待していた奏太は、正直がっかりする気持ちもあった。だが、別にドッジボールをやりたくないわけではない。友達と遊ぶのだって好きだ。

ただもう少し、本を読む時間が欲しかった。

昼休みになると雨脚が少し強まり、担任が外遊びはできないと言った。活動的な生徒たちは男女関係なく不平不満を言っていたが、外の様子を見れば仕方ないとあきらめるしかない。校庭はすっかり雨で濡《ぬ》れていて、ところどころに水たまりができているほどだ。

奏太はここぞとばかりに机から本を取り出した。

分厚くて重い本を机の上に乗せると、ゴトッと音がする。保護フィルムの貼られた表紙は経年劣化以上の傷みが見られるが、それだけたくさんの人に読まれてきた証拠だ。

「奏太、星好きなのか？」

いよいよ表紙をめくろうとした時、上から声が降ってきた。顔を上げてみると、クラスの中心人物が覗《のぞ》き込んでいる。気さくで明るくて、誰とでもすぐに仲良くなる、そんな男子だ。もちろん奏太も仲良くしてもらっている。

視線だけ落として『星と星座の図鑑』と書かれた表紙を見てから、友人へ視線を戻した。

「まあまあ」

「なんだ、そうなのか」

本心を隠して適当に笑顔を浮かべれば、友人はあっさり信じたようだ。

「この前、天体望遠鏡買ってもらったからさ、今度見に来るかなーって思ったのに」

「へえ、すごいね」

本当はすごく食いつきたい話題だったが、奏太は平静を装う。

「ちょっと星見てみたいなって言ったら、次の日もう家に届いてさ。マジでビビった。そのあとも天文台に連れて行かれるしさあ」

「そうなんだ」

自分は上手《うま》く笑えているか、段々心配になってくる。

彼に何かを言いたいわけではないし、自分の気持ちを言ったって何にもならないことを奏太は知っている。だからこうして流すのが一番なのだ。

「え、何々？ 何が届いたって？」

奏太たちの会話に気づいたのか、先ほどまで自家製すごろくで盛り上がっていたクラスメイトたちがわらわらと近づいてくる。

「天体望遠鏡」

「えーマジで！ すげーじゃん」

「さすが金持ち」

彼を取り囲むようにして皆が集まってきた。

何が見えるか、いくらしたのか、太陽って見ていいんだっけ、と口々に質問されて、中心の彼は少し得意げに答えていく。

奏太は再び図鑑に目を落とす。

図書館で借りた、とても自分では買えない本。ところどころ破れたページは、丁寧に補修されている。

奏太が手にできる本は、全て市の図書館か学校の図書館で借りてきたものだ。本当は自分の本が欲しいと思うが、それが無理な願いだともわかっている。

なのに今はとても読む気になれなくて、奏太はそっと机の中にしまい込んだ。

帰り道、途中で何人かの友達と別れ、奏太は一人で歩いていた。

いつもと同じ道、だけど雨で少し違う風景の中、考え事をしながら歩みを進めていく。

帰ったらまず、食器を洗わないと。今日お母さんがお父さんの洗濯物を持ってくるはずだから、明日の朝に洗濯はやろう。ゴミは昨日出したからまだ大丈夫。

実結のお迎えは六時だから、それまでに宿題を終わらせて、お風呂を沸かして。

やることがたくさんだと考えて、奏太は小さくため息をついた。

大きな水たまりの前で迂回《うかい》する前に思わず足を止める。雨の粒が水面に波紋を作っていく姿は、なぜだか少し宇宙に似ている気がして、目が離せなくなったのだ。

そこに星が瞬く姿や太陽系や銀河の形状を重ねていくと、まるで宇宙旅行へ出かけているような気分にすらなる。

遠くて、手の届かない宇宙。

奏太がラップの芯で手作りした望遠鏡では、とても見えない惑星。

友人が手にした天体望遠鏡なら、いったいどこまで見えるのだろう。月のクレーター、木星の縞《しま》模様、土星のリング——これくらいなら、家庭用の天体望遠鏡でも見ることができると本で読んだことがある。

それらを見たら、少しは宇宙を身近に感じられるんだろうか。一人で宇宙について静かに考えられるんだろうか。

そこまで考えて、奏太は我に返った。誰を羨んでも仕方がないし、自分にはやらなくちゃいけないことがたくさんある。

雨の中、足早に奏太は進んで行く。少しでも早く帰ってどんどん片付けなくてはと、気持ちだけが焦り出す。

ふと、ここしばらく使っていなかった抜け道のことを思い出した。少し細くて通学路としては使わない道だが、斜めに伸びているため僅かに近道なのだ。

久しぶりに使ってみようという気分になり、いつもの二つ前の角を曲がる。曲がってすぐは記憶通りの風景だったが、初めて見る家が立っているのに気がついた。

灰色の屋根には出窓がついていて、壁はレンガが使われ、この前実結に読んであげた絵本に出てくるような、可愛《かわい》らしい佇《たたず》まいだった。

家ではなくてお店らしいと気がついたのは、看板が目に入ったからだ。『BISTRO

PENGUIN』という文字と共にペンギンのシルエットが描かれているが、なんと読めばいいのかはわからない。

そのまま通り過ぎようとした時、扉がカランッと音を立てて開いた。思わず足を止めてそちらへ目を向けると、一羽《わ》のペンギンと目が合った。

箒《ほうき》とちりとりを持った、立派な黄色の眉毛を持つ、ペンギンがそこにいた。首元には蝶《ちょう》ネクタイ、ベストを着てエプロンをしている、そんなペンギンだ。

見間違いかと思い奏太は目を擦《こす》ってから、何度も瞬《まばた》きをする。だけど、扉の前に立っているのは、やはりどう見てもペンギンだ。奏太よりも実結よりも背が低く、クチバシがあって、翼があって、黄色の眉毛が凛々《りり》しいペンギンだ。確かイワトビペンギンとか、マカロニペンギンとか、そんな種類には眉毛があると図鑑で見た気がする。

なんで服を着ていて、なんで箒を持っているのだろうと不思議に思いながら見つめていると、あちらも気がついたようで、真っ赤な瞳《ひとみ》と目が合った。

ついつい会釈をする奏太に、ペンギンも会釈を返してきた。

お店の人が飼っているのかな、などと考えながら歩き出そうとしたところで、ペンギンは翼を伸ばして先をちょいちょいと動かす。まるで、おいでと手招きされているみたいな動きに、奏太の足は止まった。

すると今度は開けたドアを押さえたまま、再度手招きをしてくる。

「えっと……入れってこと？」

まさかと思いつつも奏太が口にすると、ペンギンは表情を変えないまま肯定するように頭を上下に振った。

「でも、お金持ってないし」

こんなことを言っても通じるわけがないとわかっていても、つい呟《つぶや》いてしまう。

するとペンギンは理解しているとでもいうような表情で頷《うなず》きながら、また手招きをしてきた。

「気にするなってこと……？」

奏太の疑問に、ペンギンがウンウンと頷く。

本当に自分の言葉が通じているのかはわからないが、これだけ手招きされれば興味を引かれる。中にいるお店の人に何か言われたら謝って帰ればいいと考えて、奏太は心を決めた。

ペンギンがずっと押さえたままの扉に近づき、店内に入る。

途端、暖かい空気と美味《おい》しそうな香りが体を包み込んだ。

「いらっしゃいませ」

背後でドアの閉まる音がすると同時に、心地よいくらい低音の落ち着いた声が奏太の耳に届いた。

声の主を探すように周囲を見回してみる。先ほどの香りといい、テーブルや椅子が置かれた店内といい、ここがレストランであることがわかる。

格式張った場所ではなく、どことなく家庭的な雰囲気に奏太がホッとしたところで、カウンター内にいたペンギンと目が合った。

外で手招きしてきたペンギンとは違い、眉毛がない。その代わりクチバシの下、顎《あご》の辺りに一本の黒い線がある。派手な見た目ではないが、どことなく愛嬌《あいきょう》のあるペンギンだと思った。

再び無意識に会釈すると、カウンター内のペンギンも会釈を返してくる。

「こちらへどうぞ」

先ほどと同じ低い声に、奏太は気がついたことがある。今、確かにペンギンのクチバシが声に合わせて動いたのだ。

「ペンギンが、喋《しゃべ》った？」

思わず奏太が口に出すと、ペンギンが目を細めて優しく微笑《ほほえ》んだ。

「ええ、ペンギンだって喋ることもあります」

「いや、ないと思うんだけど……」

戸惑いながら言う奏太に、ペンギンは相変わらず優しい目で笑っている。ただ目を閉じているだけのようなのに、なぜだか笑っているように見える。

「貴方《あなた》の知らない世界というものも、案外傍《そば》にあるものですよ」

「知らない世界？」

聞き返してみたが、ペンギンはそれ以上説明するつもりがないようだ。

けど拒絶されたような空気はない。それよりもという様子で、ペンギンは自分の目の前のカウンター席を指し示した。

「まずはお座りになってはいかがですか」

「でも、僕……お金持ってないから」

雑貨屋とかなら商品を少し見て回ることもできるが、レストランは食べないのに留《とど》まっていい場所ではない。そう思ってゆっくり後ずさりしていると、その足を止めるようにふくらはぎ辺りに感触があった。

下を向けば、そこには外にいた黄色い眉毛のペンギンが行く手を阻むようにして立っている。

「お気になさらず。貴方の分は、ギャルソンさんが支払うそうです」

「ギャルソンさん？」

「はい。今貴方の隣にいるのが、ギャルソンさんです」

紹介されて、ギャルソンがぺこりとお辞儀をした。

「え、なんで……」

困惑する奏太を歩かせるように、ギャルソンが足を両翼で押し始める。

「えっと、でも僕……」

自分よりもずっと小さなペンギンのどこにこんな力があるのか、じりじりと奏太の体は押されていく。抵抗して彼を傷つけるのは本意ではないので、あきらめて進むことにした。

誘導されるがままにランドセルを隣の席に置き、少し高いカウンター席に座ると、ギャルソンはどこか満足そうに去っていく。

「おやつにはちょうどよい時間ですね」

カウンター内にいるペンギンに言われて壁にかかっている時計を見ると、三時半になったところだった。

「ギャルソンさんお薦めをお作りしますので、お待ちください」

「はい」

喋るペンギンたちとか、なぜか奢《おご》ってくれるとか、色々と不思議なことばかりだが、奏太はもう全てを受け入れることにする。

考えてみればペンギンと話せる機会もペンギンがおやつを作ってくれる機会も、すごく珍しいのではないか。それならとにかく、今を楽しんでよい気がしてきた。

「お飲み物をお持ちいたしました」

知らない声に振り返ると、お盆を持ったギャルソンがそこにいた。

状況から考えて、今聞こえた少し年配者の、抑揚があまりないけれどどこか優しい声はこのギャルソンペンギンのものに違いない。

「ギャルソンさんも、喋るんですか？」

「はい。こちらショコラショーになります」

「ショコラショー？」

「フランス語でホットチョコレートという意味です」

驚く奏太の言葉に小さく頷いて、ギャルソンはサッとカップをテーブルに置いた。

「熱いので気をつけて」

それだけ言うと、ギャルソンはすぐに店の奥へ戻っていく。初めはよちよちと身体《からだ》を左右に揺らして歩いていたが、段々と跳ねるようにして進み始めた。両翼を後ろに引いて、両足で軽く跳ぶその後ろ姿がなんだか面白くて、奏太はつい見入ってしまう。

「ずっと黙っていたから、ギャルソンさんは喋らないと思った……」

呟いてから、目の前に置かれたショコラショーへ目を向ける。

湯気がもくもくと出ているカップからは、カカオの芳《こう》ばしくて甘い香りが漂ってきた。

なんだか心が落ち着く香りで、奏太の表情は自然と緩んでいく。

「いただきます」

カップを手にすると、温かさが手のひらから伝わってくる。あまり考えていなかったが体が冷えていたことに気づかされつつ、ゆっくり口を付けた。

チョコレートの香りと甘さそしてミルクのまろやかさが、溶け合いながら口いっぱいに広がっていく。冷えた体に温《ぬく》もりがじんわりと伝わった。これは確かにココアというよりはチョコレートだ。ココアとは濃さが違うと、奏太にもわかる。

「お待たせいたしました。クロックムッシュになります」

ショコラショーを味わっている奏太の前に、間に何かをサンドしてこんがりと焼いたトーストが置かれた。上にチーズらしき物がかかっていて、グラタンのように焦げ目がついている。

ギャルソンは軽く会釈をしてからまた店の奥へと戻っていった。

焼けたパンの芳ばしい香りが鼻をくすぐり、思わず奏太のお腹《なか》が小さく鳴る。

「いただきます」

軽く手を合わせると、カウンター内のペンギンが優しく目を細めた。

ナイフとフォークが用意されていたが、使い方に自信がないので潔く手で二切れのうちの一切れを持ち上げる。まずは一口齧《かぶ》りつくと、下側からカリッと音が鳴った。

じわりと溶けだしてきたのは、ハムの油と溶けたチーズだ。

上に載っていたのはグラタンのようなもので、噛《か》むと甘みととろみがチーズやハムと混じり合っていく。

食べたことのない味と食感に、止まることを忘れたみたいにどんどん食べ進めた。

「すっごくおいしい！」

一切れ目をあっという間に食べ終わって、奏太は笑顔で心からの言葉を口にした。

「それは何よりです」

カウンターの向こう側から、ペンギンが嬉《うれ》しそうに言った。少し目が細まっているだけなのに、クチバシの端も上がっているように見えるのはなぜだろう。

「クロックムッシュというもので、パンにチーズとハムを挟んでベシャメルソースを載せて焼いたものになります」

「ベシャメルソース？」

「ホワイトソースと言った方がわかりやすいですね」

「そっか、だからグラタンみたいな味がしたんだ」

ペンギンの説明を受けて、奏太は残った一切れに目を落とす。

初めて食べたクロックムッシュはいくつもの食感が楽しめて、濃厚な味わいで、とても美味しかった。できれば、実結にも食べさせてあげたいくらいだ——もちろん両親にも。

「あの、これって家でも作れますか？」

「ええ、トースターがあれば作れますよ。市販のホワイトソースを使えば、奏太さんも作れると思います」

その答えに、奏太は思わずカウンターテーブルに手を突いて身を乗り出した。

「作り方、教えてください！」

「わかりました。では、あとでレシピを書いてお渡しします」

「ありがとうございます！」

大きく礼を言ってから座り直そうとしたところで、腕が隣の席のランドセルに当たった。

「あっ」

気がついた時には、ランドセルが落下していくところだった。慌てて受け止めようとしたが、間に合わない。そのまま床に落ちた衝撃で冠《かぶせ》と呼ばれる蓋《ふた》が開き、中身が僅かに滑り出る。

即座にしゃがんだ奏太は錠前を締め直してから、ランドセルを改めて椅子の上に置いた。

「星がお好きなのですね」

「え……なんで……」

ペンギンが優しく尋ねると、座り直した奏太が驚いたように目を見開く。

「先ほど、星と星座の図鑑がちらりと見えましたので」

「そっか……図鑑が……」

奏太は一度ランドセルに視線を向けてから、ペンギンへと向き直る。

一瞬だけ悩んで、奏太はしっかり前を見てから頷《うなず》いた。

「はい。星とか宇宙とか、すごく好きです」

これまであまりクラスの友達にも家族にもはっきりと言っていない気持ちを、なぜか素直に言葉にできた。もしかするとペンギンが喋るなんていう、ちょっと普通ではない場所だからこそなのかもしれない。

「いいですね。詳しくありませんが、私も星空を眺めるのは好きですよ。ギャルソンさんは私より色々知っているはずです」

「ペンギンも星空見るんだ」

奏太の素直な感想に、ペンギンが「もちろん」と言った。

「人もペンギンも他の動物も、各々の気持ちで空を見上げるのです。どれほど心の内が違っても、綺麗《きれい》なものを綺麗と思う気持ちは、もしかしたら同じかもしれませんよ」

「……そっか、そうだよね……」

あんなに綺麗な星空なら、動物たちだって何かを感じることもあるだろう。そう思うと、普段眺めている夜空がなぜかより身近な気がしてくる。

納得したように顎《あご》に手を当てる奏太を、ペンギンが柔らかい目で見つめた。

「綺麗なものを綺麗だと思う気持ち、好きなものを好きだと思う気持ち、それはとても大事なものだと私は思います。そういうプラスの気持ちに対して素直になることで、日々はますます輝いていきますからね」

二切れ目のクロックムッシュに齧りついた奏太の動きが止まる。

好きなものを好きだと、もうどれくらい周りに言えていないのだろう。ついさっき口にできた時、すごく楽しい気分になった。それをペンギンに肯定してもらえて嬉しくなった。だけどきっと、家や学校ではこれまで通り言えないだろう。

「好きなことを好きと、口にするのは怖いですか？」

優しい声で言われた鋭い言葉に、奏太はびっくりしてペンギンを見つめた。目が合って、なんでわかるんだと聞きたいが、驚きのあまり声にならない。

「心を読んだわけではありませんが、顔に出ていますよ」

「えっ」

そう言われて水の入ったグラスを覗《のぞ》き込んで見るが、うまく映らなかった。

「言いづらいのであれば、無理に言う必要はありません。好きなものがあるだけで、人生に潤いが与えられます。それがなんらかの目標と結びつけばなおさらですが、そうでなくても必ず貴方《あなた》の糧になると思いますよ」

「本当に？　ただ好きなだけでも？」

真っ直《す》ぐペンギンを見つめる奏太の目には不安の色が浮かんでいる。

「ええ。私も若い頃、色々なことに興味を持ち、色々な挑戦もしました。長続きするものもあれば、一度きりで終わったものもありますが、その全てが私の糧になったと思っていますよ。まずはたくさん興味を持つこと、それがたとえ誰かと共有できないものでも、貴方を形成する一部になっていくはずです」

ペンギンの言葉を奏太は上手《うま》く呑《の》み込めずに俯《うつむ》いた。

星や宇宙が好きなことを言うのを避けてきたのは、秘密にしたいからではない。だけど、知られたくなかった。

家族に知られれば、きっと思う存分本を読めない奏太に両親は同情したり哀れんだりするだろう。それならまだしも、もしかしたら自分たちのせいでと思われてしまう。

友達の中には奏太より詳しい人がいるかもしれない。その時、自分は家族のせいで調べる時間がないのだとは思いたくない。それに誰かが奏太が欲しい図鑑や天体望遠鏡などを持っていると言われた時に、羨ましく思うのも嫌だ。

本当はもっと勉強したい、誰かと語り合いたいと思う気持ちはある。だけど同時に誰にも悪く思われたくないし、誰のことも悪く思いたくない。

だからジッと黙って、興味のないふりをする。

もしくは少し好きだけど、熱中しているわけではないというふりをする。

そうやってこの一年は過ごしてきた。

「僕は……それでも……誰かに星が、宇宙が好きって言いたくない……」

絞り出すようにして奏太が口にすると、ペンギンがまた柔らかく微笑《ほほえ》んだ。

「でしたら、次にここへ来たら星や宇宙の話を聞かせてください。私もそれまでに、少しは勉強しておきますから」

想定していなかった提案に、なぜだか奏太の視界がぼやけた。必死に涙を堪《こら》えてから、静かに首を振る。

「でも僕、お金ないし、注文できないです……」

「大丈夫です。貴方の分は、ギャルソンさんが支払うと言ったでしょう？」

ペンギンが笑いながら器用にウインクをして見せた。可愛いのに少し間抜けな顔にも見えて、だけどとても温かくて、奏太の視界はますますぼやけていく。

なぜそこまでしてくれるのだろうと思ったが、優しさが嬉しかった。

「ありがとうございます、ペンギンさん、ギャルソンさん」

涙が零《こぼ》れる前にサッと手で拭って、奏太は頭を下げた。

「私のことはマスターとお呼びください」

マスターがどこか得意げに、胸を張りながら胸元の蝶《ちょう》ネクタイを整えた。

「ありがとうございます、マスターさん、ギャルソンさん」

言い直す奏太に、マスターとギャルソンが優しく頷いた。

BISTRO《ビストロ》 PENGUIN《ペンギン》をあとにして、奏太は家路を急いだ。

もっと時間が経《た》っているかと思ったが、お店を出る前に聞いたら三十分くらいしか経っていなかった。これなら、手際よく済ませていけば時間通りに全て終わらせられると、奏太は安堵《あんど》の息を吐く。

歩きながら、不思議なレストランのことを考える。

あんな風にペンギンが喋《しゃべ》るお店だったら学校の誰かが話してそうだけど、聞いたことはない。マスターが言っていた通り、奏太や他の皆が知らない世界のレストランだからだろうか。それならまたあの場所へ行けるのかと一瞬不安に思ったが、すぐに頭《かぶり》を振って打ち消した。

マスターが次と言っていたのだから、なんだか大丈夫だと思える。きっと近いうち、また行けるだろう。

もう一度マスターやギャルソンに会える、そう思うだけでなぜだか心が明るくなった。

帰宅した奏太は食器洗いを終わらせてから、宿題をし、お風呂掃除を済ませた。お風呂の沸く時間を予約して、幼稚園へと急ぐ。

「奏太君、こんにちは」

「こんにちは」

「今日もお迎え偉いね。実結ちゃんもうすぐ来るよ」

幼稚園の先生に褒められると、なんだか心が少しくすぐったい。実結と年は五歳離れているが、何人かの先生は奏太が通っていた時からいる先生だから、よく気にかけてもらっている。

「おむかえもおにいちゃんなの？　ねえ、おかあさんは？」

年中そら組の教室から出てきた実結が奏太を見つけた途端、がっかりしたように頬を膨らませた。

「お母さんはお父さんのところに寄ってから帰るから、遅いんだって」

「ええ！　実結もお父さんところ行きたい！」

今朝も聞いていたはずなのに、知らなかったとばかりに地団駄を踏む。

「今週末には帰ってくるよ」

「やあだ！　今日がいい！」

ダンダンと足を踏み鳴らして、実結が駄々をこね始めた。

「無理だよ。今から行ったらお母さんとすれ違いになるから」

「やだ！　行くの！」

「あら、実結ちゃん」

どうしたものかと困っている奏太の背後から、にっこり笑ってやってきたのは園長先生だ。予想外だったのか、実結も動きを止めて園長先生を見上げている。

「お兄ちゃんがお迎えなのね！　いいなあ！」

本当に羨ましがっているように、園長先生は大げさな身振り手振りで言った。

「えへへ」

少し恥ずかしそうに、けどどこか得意げに実結が頷くと、先生が微笑んだ。

「奏太君も実結ちゃんも、ママがいなくても大丈夫なんて、すごいね！」

「おにいちゃんいれば、だいじょうぶなの」

「そっかあ、お兄ちゃんしっかりしてるものね」

「うん、おにいちゃんすごいんだよ」

すっかり落ち着いて先ほどの癇癪《かんしゃく》など忘れたかのような実結に、奏太はホッと胸を撫《な》で下ろした。これなら予定通りの時間に帰れそうだ。

「お父さんもうすぐ退院で嬉《うれ》しいね」

「そうなの！　すっごく楽しみなの！」

実結の後ろから奏太は何度も園長先生に頭を下げる。自分だけだったらあのあとも妹を取りなすのに時間がかかったはずだ。

「奏太君、本当に頑張っているわね」

「いえ、そんなことないです……」

素直に受け入れられなくて思わず首を振る奏太を、園長先生は穏やかな目で見つめた。その視線が後ろめたいような恥ずかしいような気がして、頭を下げつつも視線を逸《そ》らしてしまう。

「二人とも気をつけて帰るのよ」

そう言って手を振る園長先生や他の先生たちに手を振り返して、奏太と実結は幼稚園をあとにした。

帰宅してからすぐに夕飯にし、終わったら今度は風呂に入れる。歯を磨かせて寝る準備を進めていたところで、母親が帰宅した。

「ごめんね、奏太。あとはやるから」

母親の言葉にホッとしながらも、奏太は病院から持ち帰った父親の洗濯物を運ぶ。他の衣類と一緒に洗濯機へ入れて、予約設定をしておく。

明日《あした》は晴れだし、朝干して行けば帰ってくるまでには乾いているだろう。

奏太はボーッと洗濯機を眺めた。

父親が倒れたのは二ヵ月前だ。

救急搬送された先で心臓の病気が見つかり、手術までした。幸い手術は成功、術後の経過も順調で、次の土曜日には退院できることが決まった。けど、その後も数ヵ月は療養が必要になるらしい。

突然の出来事で、天木家の生活は一変した。

父親の入院費や手術費を稼ぐため、母親は時短勤務からフルタイム勤務に変更するしかなかった。そうなると実結の送迎や家事をする人がいなくなり、必然的に奏太がやることになったのだ。

家族は助け合うものだし、元々手伝っていたのでそれほど苦痛ではない。そう思っていたのに、自分の時間がどんどんなくなっていくことに気づいてしまった。

だから、母親が帰ってきてくれると心底ホッとする。

ぼんやりしながらも食器洗いを済ませれば、ようやく自分の時間がやってきた。

自分の部屋でランドセルから取り出した図鑑を広げる。

今見える星の光は、何万年、何億年前の光だと思うと、宇宙の膨大さになんだか眩暈《めまい》を覚えるほどだ。若い星の青白い光と年老いた星の赤い光はどちらも綺麗《きれい》で、でも今その星たちはもう消滅しているかもしれないと考えていくだけで、胸が高鳴った。

こうして没頭していると、時間を忘れていく。

その感覚がすごく好きで、自分の世界に入っていた時だった。

バタンッと突然自室の扉が開いて、奏太は一気に現実に引き戻される。

「おにいちゃん、いっしょにねよ！」

「寝ないよ。お母さん一緒に寝てくれてるんでしょ？」

軽くため息をついた奏太は、実結の方を向こうとはしなかった。妹を無視してでも読み続けて、また没頭したいという気持ちが勝った。

「やだ！　おにいちゃんがいい！」

「行かないって」

そう言っても、納得してはもらえなかった。

「なんで！　おにいちゃんねようよ！」

実結は奏太の机までやってくると、図鑑に手を伸ばした。

「これは図書館の本だから、やめて」

「やだ！　おにいちゃんこないんだもん！」

実結に持って行かれそうになるのを止めようと、奏太が図鑑の反対側を持った途端、ビリッと大きな音が響いた。

「あぁっ！」

絶望したような兄の大声に驚き、実結は手を離す。

バランスが崩れて、図鑑は床の上に落下していった。

破れたページが開かれたままの図鑑を見て、奏太の中で悲しさと怒りと、他のたくさんの感情が全てごちゃまぜになっていく。

「なんで……なんで引っ張ったんだよ！　図書館の本だって言っただろ！」

気がついたら驚いたまま固まっている妹に、怒鳴りつけていた。これまで妹にこんな大きな声を出したことなどなかったのに、涙を浮かべている実結の顔を見ると感情が溢《あふ》れ出して止まらない。

「お前がいるから、本も読めなくて！　でもいつもちゃんと面倒見てるのに！　なのに、なんでやめてって言ったことをやるんだよ！」

「ごめ……なさ……」

「謝るくらいなら、最初からやるなよ！」

思いっきり大声で怒鳴ると、肩を跳ねさせた実結が小さく「ヒ……ッ」と声を上げた。

「二人とも、どうしたの？」

トイレにでも行っていたのか、母親が慌てた様子で奏太の部屋にやってきた。

「おか……さ……おかあさあああん！」

悲鳴にも似た声を上げて実結が母親に抱きついた。それを抱きあげて、母親は奏太に顔を向ける。

「ごめんね、落ち着かせてきちゃうわね。あとでちゃんと話聞くから」

優しい声で言われたが、シャツの裾を両手でギュッと握って奏太は俯《うつむ》いた。

今はもう、とにかく一人になりたい。

「あとで来るからね」

奏太の気持ちを察したのか念を押すように言って、母親はまだ泣きじゃくっている妹を抱きかかえて連れ出した。

静かになった部屋で、奏太は床に膝を突いて落ちたままの図鑑に手を伸ばした。

一ページ、オリオン座のページが上の方からページの中心くらいまで見事に破けてしまっている。

改めて見ると、図書館の本を破いてしまったことへの罪悪感が、一気に襲ってきた。図書館の本を損傷させたら買取りになることは知っている。だからいつもすごく気を付けているし、実結にも何度も言い聞かせてきた。

なのに、このありさまだ。

見ていたら、オリオン座のベテルギウスの上に水滴が落ちた。ポタンと落ちた一滴は、ベテルギウスから跳ねてリゲルの上に小さな水滴を飛ばす。それが自分の涙だと気づいて、奏太はシャツで丁寧にふき取ったあとに腕で頬を拭った。

「僕は大丈夫……」

だけど、拭っても拭ってもどんどん涙は溢れてくる。

何で泣いているのかもわからず、奏太は声を殺して泣き続けた。

部屋で座り込んだまま、どれくらいの時が経《た》ったのかはわからない。

母親の声で奏太はようやく顔を上げた。

「奏太、大丈夫？」

「……実結は？」

「さっき寝たよ。もう朝まで起きないと思う」

「そっか……」

力なく答えると、母親が奏太の横で膝を突いた。

「少しだけ実結からも聞いたの。もちろん泣きながらだし、要領を得ないところもあるけど……図書館の本、破けちゃったのね」

「うん……ごめんなさい……」

隣の母親が破けたページにそっと指を滑らせれば、自分の罪を確認されたようでまた涙が出てきた。

「大丈夫よ。一緒に図書館に行って謝って、弁償しよう」

「ごめんなさい……大変な時なのに、僕のせいで……」

母親が優しく抱きしめてくれる。

そういえば、こうやって抱きしめられたのはどれくらいぶりだろうか。

最近は甘えることが恥ずかしくなって、自分からは母親に抱きつくことがなくなった。そうなると母親から抱きしめられることも自然となくなって、もう何年もこうしてもらったことがなかった気がする。

母親の温《ぬく》もりを感じると、なんだか余計に泣きたくなった。いつまでも泣いているなんて小四にもなって恥ずかしいと思うのに、涙が止まらない。

「奏太のせいじゃないでしょ？　実結が引っ張ったって、言ってたよ」

「でも、僕も引っ張ったから……」

「大丈夫、大丈夫だからね」

母親はそう言って、奏太の背中を撫でてくれる。

それがとても心地よくて、気がついたらいつの間にか眠ってしまっていた。


朝起きると、いつもと家の中の空気が違うとわかった。

ベッドから起き上がり、時計を見てみるともう七時になろうとしている。目覚ましが鳴らなかったのは、昨日セットし忘れたからだ。少し寝坊だが、焦るほどの時間ではない。

着替えてから、普段よりもわずかに静かなリビングに向かった。

「おはよう、奏太」

「おにいちゃん、おはよう……」

母親と実結に挨拶《あいさつ》されて、ようやく奏太は何が違うのかわかった。普段よりもずっと、実結の元気がないのだ。それに、いつもなら着替えさせてという時間なのに、今日の彼女は着替えを済ませて朝食を一人で食べている。

「おはよう……」

後ろめたさから、自然と奏太の声は小さくなった。

「はい、朝ごはん」

「ありがとう」

母親はいつも通りの笑顔で、奏太に朝食のプレートを渡してくる。受け取った奏太は、つい実結の隣ではなく斜め前になる席に座った。

そして、プレートを置いてから気がついた。ベーコンエッグにホットケーキ、それからフルーツが山盛りに載っている。ホットケーキは母親が焼いたのだろう。いつもなら時間がなくて、それでもトーストと卵やツナを用意してくれるのだが、今日はまるで週末の朝ごはんみたいだ。

僕が昨日あんなことしたから、気を遣ってくれてるんだ。

しょんぼりとしている妹に、普段通りを装いつつも気を遣っている母親。

奏太の中で、どんどん罪悪感が積もっていく。

「おいしいよ、お母さん」

そう口にしたけど、本当は味がわからなくなっていた。

「よかった。今日は早く目を覚ましたから、ホットケーキ焼いちゃった」

たまたま起きたように言うが、そうでないことを奏太はわかっていた。寝起きの悪い母親が予定より早く起きたことなんて、奏太や実結が体調を崩している時くらいだ。だからきっと、今はそれくらい心配をかけているのだ。

実結は母親にも奏太にも甘えることなく、一生懸命一人でご飯を食べていた。彼女なりの遠慮なのかもしれないが、たまに窺《うかが》うような視線を送ってくる。話しかけようかどうしようか迷っている素振りに、奏太は気づかないふりをしてしまった。

ここで何事もなかったようにすれば、きっと家の雰囲気は戻るのだろう。

なのに、まだそれができない。自分のせいで空気が悪いとわかっているのに、普段通りに振舞えない。

自責の念にかられて、胸が痛くなる。

「今日は送り迎え、お母さんが行けるからね」

「うん、わかった」

お皿を片付けると母親は念を押すように言う。

まだ時間に余裕があったが、家にいるような気分になれなくて少し早めに登校することにした。

昨日の雨が嘘《うそ》みたいに晴れ上がり、冷たい風を感じながら奏太は学校へ足早に歩いて行く。

「奏太、今日早いな！　朝ドッジやろうぜ！」

校門を入ってすぐ、背後から駆け寄ってきたクラスメイトがランドセルを元気に叩《たた》いてきた。

「今日ちょっと調子悪いからやめとく。ごめん」

「え、マジで。大丈夫か？」

「多分……」

「やばかったら保健室行けよ」

「うん」

「で、元気になったら昼休みは……」

「やめとくって言ってるだろっ」

つい声を荒げてしまった奏太に、クラスメイトは戸惑いながら頬を掻《か》いた。

「あ……そっか」

「ごめん……」

「いや、具合悪いんだもんな！　気にすんな」

彼には全く関係のないことなのに苛立《いらだ》ちをぶつけてしまい、奏太は申し訳ない気持ちで押しつぶされそうになる。

「先行って、ドッジしてくる。奏太も調子戻ったらいつでも来いよ！」

元気な声で言いながら、クラスメイトは階段を駆け上がっていく。

足を止めてその後ろ姿をぼんやり眺める。

彼はきっと家で好きなように過ごせるのだろう。

一瞬そう考えた奏太は、慌てて首を振ってから急いで階段を上がった。

教室に到着すると、先ほどのクラスメイトが何人かと一緒に校庭に向かって駆け出していくところだった。

自分の席に座って、荷物の整理を終えた奏太はボーッと校庭を眺める。

他のクラスの児童も加わり、ドッジボールは大盛況だ。他にも縄跳びをしていたり、一輪車に乗っていたり、遊具で遊んでいたり、誰もが楽しそうに過ごしている。

まるで皆、何も悩んでいないみたいだ——そう思って奏太は心の中で小さく首を振る。

遊んでいる皆だって何かしら悩んでいるかもしれない。自分だけが悩んでいるなんて考えは間違っている。

だけど誰かの笑い声が聞こえてくる度、自分だけ別の世界にいるような気がしてしまう。

誰かにわかって欲しいわけではないのに、たった一人のような気がしてしまう。

昨日のことなんて全部忘れて、楽しめばいい。

頭でそう思っても、何かが割り切れない。

自分の気持ちなのに、わからないことばっかりだ。

心のモヤモヤを抱えたまま、本を読む気力すら湧いてこない。

結局中休みも昼休みも、教室で座ったまま過ごして終わった。

放課後になり、奏太は誰よりも早く教室を出た。

一人で通学路をとぼとぼ歩いている途中で、次第に足が重くなってくる。

家に帰りたくない。

実結や母親とどんな会話をしていいかわからない。

学校にも戻りたくない。

クラスメイトや先生にどうしたのと訊《き》かれても説明できない。

でも他に行く場所なんてどこにもないと、絶望した時だった。

覚えのある香りが鼻先に届いて、奏太は顔を上げる。まだ少し距離があるはずなのに、確かに昨日あの場所で嗅いだ美味《おい》しそうな香りがした。

同時に『次にここへ来たら星や宇宙の話を聞かせてください』というマスターの言葉が思い出される。昨日の今日で行ったら迷惑だろうかと一瞬悩んだが、今の奏太には他に選択肢がない。

マスターやギャルソンならきっと受け入れてくれると信じて、お店に向かって走り出す。まだ体も心も重いけど、早くあの場所へ行きたかった。

角を曲がってすぐ、BISTRO PENGUINが見えただけで少し奏太は泣きそうになる。扉の前で止まり深呼吸しようとしたところで、内側からドアが開いた。

「いらっしゃいませ」

驚いて固まる奏太に、ギャルソンが扉を持ったまま軽く会釈をした。それだけなのに、なぜだか歓迎されていることが伝わってくる。

促されるまま店内に足を踏み入れた。途端に暖かい空気と、美味しそうな香りに体が包み込まれる。

「いらっしゃいませ、奏太様」

カウンターの中のマスターが、低音の心地よい声で挨拶してくれた。

そこが限界だった。

奏太の目から大粒の涙が零《こぼ》れ落ち、床を濡《ぬ》らしていく。

声にならない声を上げて、人目もはばからずに泣き出した。

そんな奏太の足にそっと触れたのはギャルソンの体だ。寄り添うように体を近づけ、慰めるように腰の辺りをさすってくれる。

「僕……僕は……」

「今は話さなくて大丈夫ですよ。荷物を置いて、お座りください」

マスターの優しい声が奏太の体に響き、柔らかく沁《し》み込んでいく。無理に泣き止《や》まなくてもいいと思えるのが、嬉《うれ》しかった。

泣きながら頷《うなず》いて、ランドセルを置いてから昨日と同じ席に座った。

すると、横からスッとギャルソンがナプキンを差し出してくる。真っ白なそれは、お店で使われているものだとすぐにわかった。

汚してはいけないと首を振って遠慮したが、奏太の手に翼を重ねるようにしてギャルソンが持たせた。

「使ってください」

「……ありがと……ございます……」

十歳にもなって何度も泣くなんて、恥ずかしいと思う自分もいる。だけどここでなら思いっきり安心して泣けると思った。

ペンギンたちはなんで泣いているのか、なんて訊いてこない。かといって、放置されているわけではない。

ただ静かに、奏太の気持ちが収まるのを待っていてくれる。それがとても心地よくて、奏太の気持ちが少しずつ和らいでいく。

そうして何分、何十分泣いていたかわからないが、気がついたら涙は止まった。

「こちら、ポトフでございます」

見計らっていたように、ギャルソンがカウンターテーブルに皿を置いた。盛られているのは大きなキャベツ、ニンジン、タマネギ、それから肉だ。

「ポトフ？」

初めて聞く料理名に聞き返すと、カウンターの中でマスターが頷いた。

「ポトフはフランス語で火にかけた鍋という、煮込み料理です。大きな肉の塊と野菜を一緒にじっくり煮込んで作ります」

説明を聞きながら、奏太のお腹《なか》がグゥと鳴る。そういえば今日は給食がほとんど喉《のど》を通らず、久しぶりに残してしまった。

「優しい味わいで、体も温まりますよ。どうぞお召し上がりください」

「いただきます」

空腹に気がついてしまうと、目の前に置かれたご馳走《ちそう》を食べないという選択肢はない。手を合わせてから、奏太はフォークで大きなニンジンを刺し、口に運ぶ。

かぶりつくと、その柔らかさに驚いた。舌だけで潰せるほど柔らかいニンジンは、さっぱりとしているのにしっかり味が付いている。コンソメスープのような味だが、それよりも味に深みがある。

キャベツもタマネギも、口の中で溶けるほどに煮込まれていて、いくらでも食べられそうな気がしてくる。温かさと相まって、優しくて、どこかで食べたことのあるような気がする、ホッとする味わいだ。

大きな肉の塊は、ナイフを使って切ってみる。軽くナイフを入れただけなのに、解《ほぐ》れるようにして切り分けられた。

一口サイズの肉を口に入れれば、ホロッとすぐに崩れていく。途端、肉の旨《うま》みが口の中に広がって、先ほどの野菜の美味しさがここからきていることがわかった。

「おいしい……すごく、おいしいです」

「それは何よりです」

目を細めるマスターは笑っているように見えるが、どこか間抜けな顔にも見えて、奏太も思わず微笑《ほほえ》んでしまう。

「ポトフはフランスの家庭料理で、様々なレシピがあります。不正解はなく、そのどれもが正解なのです。人によって、家族によって、正解が違うように」

「正解が違う……」

「ええ。だから奏太様は自分にとっての正解を見つけられるといいですね」

自分にとっての正解はなんだろう。いや、それよりも奏太は今何の正解を求めているのかすらわからなくなっている。

問題と正解が見つかれば、この苦しさから逃げられるのだろうか。

考えてもわからなくて、とりあえずポトフを食べることにした。

「お、ポトフか。いいね。マスター、オレにも一つお願いしていいかい？」

再び肉を味わっていると、ふいに背後から軽快な声が聞こえてくる。

慌てて振り向いた先には、サングラスをかけた鳥がいた。

ペンギンではなく、もっと鳥らしい鳥だ。

灰色の長い首に白い体、頭の上と目の横から白い羽毛が伸びていて、なんだか髪飾りを着けているように見える。フラミンゴやツルにも似た体はペンギンたちよりも少し大きいが、奏太よりも実結よりも小さい。

どう見ても鳥だけど、彼はダウンベストを着込んでいる。自分の羽毛で作ったのかな、なんてぼんやり考えてみる。

「ネル様、いらっしゃいませ。すぐにポトフをお持ちいたします」

「よろしく」

マスターが頭を下げてから厨房《ちゅうぼう》の奥に行くと、ネルと呼ばれた鳥はサッと奏太の横の席に座った。そしてサングラスを頭の上にあげてから、握手を求めるように翼を差し出してくる。

「オレはアネハヅルのネルっていうんだ。よろしくな」

「あ、天木奏太です。よろしくお願いします」

軽く頭を下げながら翼をそっと握ると、どういうわけか翼で握り返された。

翼には手と同じ機能はないような気もしたが、ダウンベストを着てサングラスをかけている鳥なら、そんなこともあるのかもしれない。

「まだ小さいのに、しっかりしてんなあ」

感心したように言われて、奏太は恥ずかしさと他の色々な気持ちが交じり合って体を縮こまらせた。

「けどな、そんなしっかりしなくてもいいんだぞ」

「……え？」

先ほどまでの軽い調子とは違い、柔らかい口調の言葉に奏太は思わず顔を上げた。目が合うとネルは優しく笑いかけてきたが、それ以上何かを言うつもりはないらしい。

「お待たせいたしました、ポトフでございます」

「ありがとな」

ギャルソンがポトフを運んでくると、ネルは器用にフォークを持ってまずは大きなキャベツを口に運んだ。

「あー、これだよこれ。やっぱマスターのポトフはうまい！」

「恐れ入ります」

「味の染み込み加減が最高だよ。奏太もそう思うだろ？」

話を振られた奏太は、戸惑いながらも頷いた。

「は、はい。なんか、ホッとするような……心が温かくなるような、そんな味で……」

「それぞれ。落ち込んだ時に食べると、ずっと帰りたかった場所に帰って来られたような気がして、心も体も温かくなるんだよな。まあ、いつ食べてもうまいんだけど」

「帰りたかった場所……」

呟《つぶや》いて、奏太は目を伏せる。

帰りたい場所はたった一つなのに、今はそこへ帰る気力がない。

「大丈夫ですよ、奏太様。貴方《あなた》にはちゃんと帰る場所があります」

「そう、かな……」

マスターにそう言ってもらえても、首を縦に振れない。

「大丈夫だって。お前が思うよりもずっと、周りはお前を見てるもんだ」

丸まった奏太の背中を、ネルの翼が優しく包んだ。

「何があったか知らないが、お前が抱えていることを少し話したらどうだ？　マスターもギャルソンも、もちろんオレも聞くからさ」

「え……でも……」

突然の提案に奏太は狼狽《うろた》えながら、マスターやギャルソンに視線を向けた。

すると二羽《わ》ともネルの言葉を肯定するように頷いている。

これまで誰にも話していない、自分の心の中。うまく言葉にできないと思っていたし、言葉にしてしまえば何かが綻びてしまいそうで怖かった。

けど今ここでなら、自分の気持ちを言えるかもしれない。ペンギンたちもネルもきっと否定しないで、哀れみもしないで、ただ寄り添って聞いてくれる気がするのだ。

あとは、口にする勇気だけだ。

しばらくの沈黙のあと、膝の上で両拳《りょうこぶし》を握ってから奏太は思い切って口を開いた。

「……僕、自分の気持ちがわからなくて……」

マスターとネルは黙って頷いて、その先を待っている。ギャルソンもいつの間にか少し離れた場所に背筋を伸ばして立ち、奏太の言葉を聞いていた。

「うちは両親、僕、妹の四人家族で、両親は二人とも働いてます。けどお母さんはちょっと前まで仕事は四時までで、妹は幼稚園に六時まで預けられるから……なんだろう……うまく回ってた……」

ゆっくり考えながら奏太は言葉を紡いでいく。

ペンギンたちもネルも急《せ》かすこともなく、静かに待っていた。それがとても心地よくて、話す勇気が湧いてくる。

「でも二ヵ月前お父さんが会社で倒れて、手術することになって……そこから僕の生活が変わったんです」

これまでのことが瞬時に頭の中で巡っていく。

父親が倒れたと知らされた時の、この世の終わりのような気分。

実結がずっと泣いていたから、奏太はそれをなだめて過ごす日々だった。

手術すれば回復すると聞かされても失敗したらどうしようという不安に襲われ、祖父母に預けられて迎えた手術の日は何も手がつかなかった。

「手術は無事に成功しました。けどそのあとも入院があるし、これからもしばらくは働けないから、お母さんは毎日六時過ぎまで働くようになったんです。週に何日か仕事終わってからお父さんのところに寄ることもあって、僕が実結の、妹の面倒をみることになりました。でも、できるのは送迎とか、お風呂とか、用意されたご飯を食べさせるくらいで……」

母親は家計の事は何も言わない。

ただ奏太は病室で、父親が何度も母親に謝っているのをたまたま耳にしたのだ。妹は意味がわかっていなかったが、奏太には理解できてしまった——父親の手術や入院で、我が家にはお金が必要なのだと。

「気がついたら自分の時間がなくて、でもなんで時間がないんだろうって考えると、お父さんが病気になったからだって……だから、僕がこんなこと気にするのは間違ってるって思って……だって、お父さんだって、好きで倒れたわけじゃない……」

誰かのせいにしたくなんかない。だから考えないようにしているのに、たまにそういう嫌な考えが頭に浮かんでくる。

「頑張ってるんだな、奏太は」

「ううん、僕は何もできてない」

ネルの言葉を否定する奏太の頭を、ふわりと翼が撫《な》でていく。

「そんなことないだろ。妹の面倒をちゃんとみてる」

「そんなの、誰だってできることだし……」

「奏太がいなきゃ妹は一人で帰って来なくちゃならないし、ご飯だって食べられないかもしれないだろ。なあ、マスター」

認めようとしない奏太を前に、ネルがマスターへ目配せをした。

「そうですね。ひとつひとつは難しくないことだとしても、誰かがそれをやらねばならない時、その誰かがいてくれるだけでありがたいものですよ。奏太様は間違いなく頑張っていらっしゃいます」

自分はその『誰か』にちゃんとなれたのか、自信がない。

「でも僕は……我がままを言える実結や、自分の時間がある友達、好きな物を買ってもらえる友達をいいな、うらやましいなって思ってるんです。だから、そんな風に言ってもらえるようなことは……」

「そりゃ、羨ましく思うだろ」

さも当然というように言われて、奏太は驚きながらネルを見る。

「自分が頑張っているだけ、そう見えない誰かが羨ましいもんさ。そんなの自分の物差しで測っているだけだってわかってても、自分が大変なことは変わらないしな」

「そう、なのかな……」

ネルが大きなニンジンを頬張りながら頷《うなず》いた。

「誰だって、いつもいい感情ばっかり持っていられるわけじゃない。自分が大変だったり、疲れていたりする時は、余計にいやな感情を持ちやすいんだよ」

「ええ。ですので、大事なのは羨ましいと思わないことではなく、その気持ちを認めることでしょうね」

「認める……？」

認めてしまったら、その気持ちに呑《の》み込まれてしまいそうだと思って奏太は首を傾《かし》げた。

「認めることで、冷静に考えられるようになりますからね。そうすれば、根本的な原因を見つけられるのではないでしょうか」

「根本的な原因……でも、それは……」

そんなことを言ったら、また父親や誰かのせいにしてしまうかもしれない。そうしないためにはどうしたらいいんだろう。

考えているとなぜだかだんだんと眠くなってきた。

必死で目を閉じまいと何度も目をこすって耐えたが、次第に瞼《まぶた》が上がらなくなり、気がつけば深い眠りに就いていた。


目を開けると空の上にいた。

正しくは、空の上を飛んでいた。

それに気づいた瞬間落ちそうになったので、必死で手をばたつかせるとまた飛び始めた。

状況が呑み込めないまま手をばたつかせ続けると、段々と周囲に同じ鳥がたくさん飛んでいるのがわかってくる。百羽以上いる鳥たちは皆、ダウンベストを着たり帽子を被《かぶ》ったりしているが、ネルと同じ灰色の首に白い翼を持つアネハヅルだ。

なぜこんなところにいるのだろうと思いながら、奏太は自分の体を見てみる。すると、自分もダウンベストを着た鳥だった。翼の色や形から見ても、アネハヅルで間違いない。

なぜいきなり鳥になったのかはわからないが、とにかく今は飛ばなくてはいけないと、必死に羽ばたいた。

よく見れば、鳥たちはV字に隊列を組んで飛んでいる。奏太がいるのは、片側の一番後ろから二番目のようだった。

「一体どこに向かっているんだろう……」

今飛んでいるのは雪化粧が綺麗《きれい》な山の上だ。だけど、群れの先には更に高い山がそびえたっている。

顔に受ける風は冷たく、ダウンベストや帽子が必要な理由がわかる気がした。

「なんだ、忘れたのか？　今からエベレストを越えるぞ！」

奏太の前にいるアネハヅルが軽く振り返って笑った。

「え？　エベレスト？」

それでは、あの目の前に見えている大きくて高い山々はヒマラヤ山脈なのだろうか。

生身の鳥が、あんな場所を越えられるわけがないと思うが、周囲のどの鳥も嘘《うそ》だとは言わないで頷いている。

「お前は初めてだもんな。だが大丈夫だ。皆で一緒にやれば、怖くないさ」

「そうそう、俺たちについてくれれば越えられる」

「子どもを守るのは、大人の役目だからな」

次々と周囲のツルたちが奏太に近づいて笑いかけてくる。

「いいか、坊主。これから上昇気流ってのに乗るぞ。俺たちの動きをよく見て、乗り遅れるなよ」

「え……でも僕、やったことない……」

初めてなのに、見よう見まねでできるものだろうか。

不安な声を上げると、周囲のアネハヅルが飛びながら奏太の肩をポンと叩《たた》く。

「誰だって初めての時はある。だがな、乗り越えたから今の俺たちのように、誰かのお手本になれるんだ」

「お前はとにかく飛び込め！　失敗を恐れるな！」

励ましてもらっても、怖いものは怖い。

それでも一緒に行かないという選択肢がないのはわかっていた。

「さあ、行くぞ！」

頂上が見える斜面に到着して、先頭のアネハヅルが翼を広げた。するとまるで空を舞うように彼はふわりと上昇していく。

先頭に続いてどんどん皆が翼を広げ、上へ上へと移動を始めた。

「翼を広げろ！　風を感じるんだ！　お前ならできる！」

言われて、奏太も皆と同じ場所まで来てから一気に翼を広げた。

すると、ふわりと下から押し上げるような風を翼が捉える。

これが上昇気流かと感動したが、風を捉えつつバランスを保ち続けるのは難しい。山の下から吹き上げる風は一定ではないため、風を感じなくなったら別の風を見つける必要があるようだ。

「俺についてこい！　頑張れ！」

周囲からの声を受けて必死に移動していくが、段々思うように体が上がって行かなくなってきた。

「あきらめるな！　次の風に乗れ！」

力強い声に励まされ、無我夢中で風を求める。

しかし次の瞬間、風がピタリと止《や》むような感覚と共に、体が落下していくのがわかった。

もう駄目だ、このままでは落ちてしまう。

山肌に落下したら、怪我《けが》では済まないかもしれない。

それだけはダメだと、奏太は必死に羽ばたいた――とにかく一度体勢を立て直して、置いていかれる前に皆に追いつかなくては。

上昇気流の発生している場所から少し離れた山肌に、奏太は静かに着地した。

空を見上げれば、高いエベレストが立ちはだかっている。あれを誰のお手本もなく一人で越えるのは、無謀としかいいようがない。けど、このままでは置いていかれてしまう。

少し体を休めたら、すぐに行かないとダメだ。

翼の力を緩めて休ませ、大きく深呼吸をして息を整える。

一度目を閉じ、覚悟を決めてから目を開けた。

よし、もう一度。

そう思って翼を広げたその時、影ができる。

雲でも出てきたのかと上を見上げると、そこには無数の仲間たちがいた。皆が旋回しながら、奏太の隣へ次々と下りてきた。

「なんで……」

泣きそうになりながら奏太が呟《つぶや》くと、先ほど声をかけてくれた仲間たちが翼を広げて抱きしめてくれた。

「言っただろ、子どもを守るのは大人の役目だ」

「一人じゃないんだよ、俺たちは」

「またすぐ挑戦しようとする気持ちは大事だ。だが、一人でやろうなんて考えなくていい。甘えていいんだ」

温かい翼に包まれて、奏太は泣きそうになる。

「ここまでついて来ているだけ、お前は頑張ってる」

「もっと甘えろ。できない時は何度だって皆でやり直せばいい」

奏太に近づいてきたどのツルも、優しい声と優しい瞳《ひとみ》で語りかけてくる。

「でも、甘えたら皆が……」

泣きそうになりながら声を振り絞ると、周囲のツルたちが次々に奏太の頭をポンポンと叩いた。

「子どもは素直に守られてりゃいいんだよ」

「もちろん、やることはやってもらわないと困るけどな」

「だから、弱音はどんどん吐け。溜《た》めこまずに『風が見えない』『次はどっち？』とか、不安なことは訊《き》くんだ。訊かれなきゃ、こっちも助けられないだろ？　一人で抱えていたら、いつまで経《た》っても乗り越えられないぞ。お前が乗り越えられなきゃ、結局俺たちだって戻ってくる。なんもいいことはないんだ」

その一言が、強烈に奏太の心に沁《し》み込んだ。

奏太はずっと頑張らなくてはいけないと思って、全ての不安や不満を一人で抱えていた。

父親が倒れた時の不安も、一人で実結の面倒をみる時の不安も、自分の時間が持てないことの不満も、誰にも漏らさずにいた。

けれどそれでは、誰も奏太を助けられない。

助けてくれないのではなくて、助けることができなくなってしまうのだ。

奏太が子どもである以上両親は自分を守ろうとしてくれるのに、今のままではそれを自ら拒んでいるのと同じだ。

一人で抱えればいいなんて、一人で頑張ればいいなんて、そんなのはただの強がりで我がままだった。

もっとちゃんと声に出して、伝えなくちゃ。

まずはその勇気を――考えていると、次第に世界が靄《もや》に包まれていった。

気がつけば、ＢＩＳＴＲＯ　ＰＥＮＧＵＩＮに座っていた。

慌てて下を確認してみると、確かに床があって、椅子にしっかり座っている。カウンターテーブルに置かれた手はいつもの人間の手なのも確認してから、奏太は小さく息を吐いた。

今見ていたのは、多分夢だったんだろう。

けれど飛行中の風も、上昇気流も、どれもとても夢だとは思えないくらいの感覚だった。

何よりあの群れのアネハヅルたちの温《ぬく》もりは本物だと、今でも思えるくらいだ。

「お目覚めですか？」

渋い声に問われて奏太が顔を上げると、微笑《ほほえ》んでいるマスターと目が合った。目を細めているマスターの正面顔はやっぱりどこか間抜けで、だけどとても優しい顔で安心する。

「僕、寝ていたのかな」

純粋な疑問を口にした奏太に、マスターは微笑んだまま僅かに首を横に振った。

「少し違いますね。短い時間ではありますが別の誰かの記憶を覗《のぞ》いた、というのが正しいのかもしれません」

「別の……アネハヅルの、つまりネルさんの記憶？」

その呟きにマスターが小さく頷《うなず》いた。

「彼の記憶を見て、いかがでしたか？」

尋ねられて、奏太は思わず顔を綻ばせた。

「すごかった！　ヒマラヤ山脈を越えるためのあの風！　アネハヅルってすごい！」

「ええ。彼らは越冬のためにあの山を越えるそうです。その数ヵ月前に生まれたばかりの若鳥も、それに加わります」

生まれて数ヵ月と言われると、奏太にしたら赤ん坊と同じで少し戸惑う。もちろん動物の年齢の重ね方は人とは違うから、もしかすると今の奏太と同じくらいの年なのかもしれない。

「子どもはもっと甘えろって、怒られてました」

そう口にした奏太の顔に、これまでの迷いや不安はどこにも浮かんでいなかった。

「それから、苦しいならそれをちゃんと伝えないとダメだって、言われました」

「ええ、そうですね。誰かに弱音を吐くのは、悪いことではありません。むしろ一人で抱え込んでいる方が、体や心を蝕《むしば》んでいきますよ」

マスターがしみじみと紡いだ言葉に、奏太は深く頷いた。

「まだ、お母さんたちに本音を言うのは怖いけど……でも、言わなきゃ伝わらないってわかりました」

立ち上がり、ランドセルを手に取った。奏太の気持ちと連動するかのように、ランドセルは先ほどよりもずっと軽く感じられる。

「マスター、ギャルソンさん、ごちそうさまでした。それから、ありがとうございました」

マスターとギャルソンにそれぞれ頭を下げると、二羽《わ》も嬉《うれ》しそうに頷いた。

「また来られるのかわからないけど……僕、ふたりのことは忘れません」

言いながらも、なぜかもうここには来られないような気がしていた。でも、ここで食べさせてもらった味や、ここで貰《もら》ったたくさんの優しい気持ちと勇気は、ずっと忘れないでいたい。

「奏太様」

店を出ようとする奏太を、マスターが呼び止める。

「この先、好きなことを好きでい続ければ、きっとご両親以外も貴方《あなた》に力を貸してくれるはずです。自分を信じて、周りを信じて、貴方らしく生きてください」

「はい！」

低音の優しい声で紡がれた言葉は奏太の心の底にまでずっしり響く。

これが他の誰かに言われたら、少しは反発心が出たかもしれない。だけど他でもないマスターの言葉なら、ずっと覚えていようと思った。

BISTRO PENGUINを出て、奏太は走り出す。

母親が帰ってくる前に、家事を済ませてしまいたい。

弱音を吐いても、自分ができることをちゃんとやって、皆を支えたい。

考えれば考えるほど、足取りは軽くなる。

「ただいま」

玄関の扉を開けて、いつも通り誰もいないはずの家に挨拶《あいさつ》をしたところで気がついた。

実結の幼稚園用の靴と、母親の仕事用の靴がある。

「奏太、おかえり」

驚いている奏太の前に、リビングから出てきた母親が現れた。

「ただいま……お母さん、なんで」

「ここ最近二人とゆっくりできなかったから、今日は午後休んだのよ」

そう微笑む母の後ろから、どこか様子を探るような表情の実結が出てきた。

「おにいちゃん、ごめんなさい……としょかんでも、ごめんなさいしてきた」

「え？」

戸惑う奏太に、実結が手にしていた図鑑を差し出した。図書館のバーコードが貼ってある上には『リサイクル本』と書かれたシールが貼られている。

「実結と弁償してきたのよ。だからこれはもう、我が家の本になったの」

「あ……ごめんなさい……僕のお小遣いから払うから」

奏太がしょんぼり肩を落とすと、母親がギュッと抱きしめてきた。

「何言っているの。そもそも昨日のことは、最近色々あって実結と時間が取れなかったお母さんの責任よ」

「でも……」

「それに、奏太にも甘えてばかりで……本当にごめんね」

そう言う母親の腕に力が入る。

「そんな……」

「いっぱい手伝ってくれてありがとう、奏太。お父さんももう帰ってくるし、ずっと我慢していた分、また奏太と実結はたくさん甘えてね」

いつの間にか寄ってきていた実結のことも、母親は一緒になって抱きしめる。少し苦しくて、だけど温かくて、腕の中で目が合った奏太と実結は思わず笑い合った。

「実結、昨日は怒鳴ったりしてごめん」

「みゆもごめんなさい……」

二人が自然に謝罪しあうと、母親の腕に更に力が入る。

奏太の心から、色んなモヤモヤが消えていくのがわかった。これまで一体、何を思いつめていたのかわからないくらいだ。

「苦しいよ、お母さん」

奏太の言葉で、ようやく母親は二人を解放した。

そして二人をしっかり見つめてから、優しく目を細める。その表情がどことなくマスターの面影を感じさせて、奏太はなんだかもうあの店が懐かしくなった。

「ずっとお出かけできなかったけど、また行こうね。どこ行きたい？」

「どうぶつえん！」

実結が力いっぱい右手を上げて答える。

「いいね、動物園。僕も行きたい」

「どうぶっつえーん！」

奏太が同調すると、妹は飛び跳ねながら喜んだ。最近では見られなかったほど実結の瞳は輝いていて、そういえば彼女はいつもこんな風だったと思い出された。

ずっと我がままを言っていたのは、色々と我慢していた結果なのかもしれない。

自分だけが我慢していたと思っていたけど、そんなはずはないのだと今ならわかる。奏太よりもずっと小さい妹だって、きっと急な変化について行くので大変だったのだ。

「行こうね、動物園。奏太はどこに行きたい？」

母親が実結のはしゃぐ様を嬉しそうな目で見つめたあとで、今度は奏太に向き直る。

「僕は……」

これまでだったらきっと遠慮して『実結の行きたいところでいい』とか『どこでもいい』とか答えていた。

けど、口に出さなきゃ伝わらないって、ネルが教えてくれた。

周りを信じるべきだって、マスターが教えてくれた。

だから、奏太はしっかり母親の目を見つめてから口を開いた。

「あのね……僕、ずっと行きたかったところがあるんだ！　それから、明日朝《あした》ごはんに作りたいものもあるんだ！」


店じまいしたBISTRO　PENGUINで、テーブルクロスを整えていたギャルソンがふと顔を上げる。

「貴方は大したものです、マスター。これで、少年は前に進めるのですから」

厨房《ちゅうぼう》の掃除をするマスターに向かってそう伝えたのは、感謝の気持ちからだった。少年の心を解《ほど》くことは、ギャルソンだけではどんなアプローチをしても無理だったろう。

「私は何もしていませんよ。ただ、皆様に少しだけ自分と向き合っていただく機会を作っているだけなのですから」

なるほど、確かにマスターは少しの助言をするだけだ。立ち上がるきっかけはいつだって、それぞれの中にある勇気なのかもしれない。

「これから先も、彼が突き進めることを祈るばかりです」

少しの不安を吐露するギャルソンに、マスターが優しく微笑んだ。

「大丈夫でしょう。もう彼は、辛《つら》いときにちゃんと誰かに助けを求められます。誰かに支えられ、きっと夢のその先へ進めるはずです。そしてきっと、彼もまた誰かを助けられるようになるでしょうね」

厨房を掃除しているマスターの表情は、まるで全てを見通しているようだった。

三皿目　踏み出す勇気とオムライス

愛車のトライアンフ・ボンネビルT120を走らせ、冷たい風を切りながら毛利亘輝《もうりこうき》は山道を走り抜けていく。

もっと加速して、どこまでもどこまでも突っ走ってしまいたかった。

だが、別に死にたいわけではない。

確かに貰い事故で一ヵ月入院した間に裏切られ、立ち上げた会社は乗っ取られ、代表取締役社長《だいひょうとりしまりやくしゃちょう》の座から追い出されと散々だったが、絶望したわけではない。

そう、絶望はしていないのだ。

毛利が会社を立ち上げたのは、大学を卒業してすぐのことだ。

天文学者になりたいとか、宇宙飛行士になりたいとか、そういう夢は中学に上がる頃にはきっぱりあきらめ、父親の会社を継ぐか、自立するかを目標にしてきた。

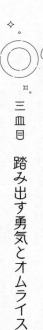

大学は経営学部に進み、そこから具体的にどんな会社を設立するかを考え出した。卒業後に父親の会社におんぶする形ではあるがビル管理会社を立ち上げ、そこからは順調に進んでいった。

まずは父親の会社のビルを管理することから始めた。そこでの実績を武器に、若さゆえのフットワークの軽さで毎日のように営業をかけ、地道に受託先を増やしていった。

会社の規模が大きくなっても、毛利は自ら営業へ出かけることや受託先への訪問を止めなかった。それが周囲へのプレッシャーになると言われたが、自らの足で探すことや、最高責任者が現場を視察することこそが、周りに対する誠意だと思っていたのだ。

利益を出せばその分社員に分配したし、よい社長をできているという自負があった。だから、気づくのが遅れてしまった。

急逝した父親の四十九日が終わり、ようやく気持ちも落ち着いてきた頃だ。いつものように営業のため街を歩いている時、乗用車に轢《ひ》かれる事故に遭った。

入院している間に株主総会が開かれ、毛利は代表取締役社長を解任されてしまった。あっという間の出来事だったが、株の保有率などからしてずっと念入りに準備がされていたようだ。もしかすると事故すらも計画の一部だったのかもしれないと、疑いたくなるくらいに。

後任の代表取締役社長は実の兄だということに、ショックを受けた。兄弟仲はよくなかったが、まさか乗っ取りをされるなどとは全くの想定外だったのだ。

一部の経営陣や社員からはかなり引き留められたが、株主総会で決まってしまったものはどうしようもない。毛利は完全に経営から手を引く形になり、手元に残った株は即売り払った。

父親の遺産と合わせて、生きていくには全く問題ないほどの金が手に入ったが、何もかもが虚《むな》しくなった。

金があったところで、周囲の誰も信用できない。家族も、会社を立ち上げた際の仲間も、直属の部下も、皆が毛利を裏切った。

一体誰を信じられるというのだろう。

もう人付き合いはたくさんだと、キャンプ道具を積んだオートバイで旅に出ることにした。

適当に日本縦断するつもりが、気づけば小学生のうちの三年間を過ごした土地に来ていた。母親が病気になった際に静養することになり、母の実家でしばらくの間過ごしたのだ。

「変わってないな」

訪れて最初に思ったのが、それだった。

市役所本庁があるような土地のため、それなりに栄えている場所はある。ただ毛利が過ごしてきた大都市と比べたら、どこか世の流れに取り残されているような感が拭えない。それこそがいいところでもあるが、特に観光地もないこの市は、今後も何も変わらないのだろう。

それでも、毛利にとってはここが故郷だった。

たった三年しか過ごしていないが、サワガニを釣ったり、川遊びをしたり、裏山を探検してクワガタやセミを捕まえたり、純粋な気持ちで遊んだ記憶は全てここでのものだ。

そのあとも度々長期休暇の際には母の実家を訪れたし、中学くらいまではここでの友人とも交流していた。

だが、ここへ来たのは十年ぶりだ。母の親戚とはもう年賀状程度のやり取りしかしておらず、友人とは連絡を取り合っていない。

「俺はなんでここに来たんだろうな……」

誰に会うわけでもないのに、なぜここへ来たのだろう。

懐かしい場所を何ヶ所か回ってみても、答えは出ない。

なぜか吸い寄せられるようにここへ来てしまったが、特に行きたい場所は思いつかなかった。今日訪れた場所は、どこもただの懐かしい場所でしかない。

そこまで考えてから、特別な、自分の心を埋めてくれるような何かを求めているのだと気づいて、毛利は大きく息を吐いた。

今更、自分以外に何かを期待をしているのかと、嫌になる。あれだけ裏切られて、全てを奪われて、それなのにどこかに助けを求めているなんて、自分はどれほど滑稽なのだろう。

「もう、明日《あした》には帰るか……」

今日は予約したキャンプ場で過ごし、明日になったら別の地域に移動しようと決め、毛利はオートバイを走らせる。

しかし走らせている途中、段々と腹が減っていることに気づいてきた。どこかで腹ごしらえをしようと思ったが、住宅街に入ったため手ごろな店は見当たらない。

Uターンでもして県道に戻り、適当な店に入ろうと一度オートバイを停《と》めたところで、どこからともなく美味《おい》しそうな香りが漂ってきた。思わずヘルメットを脱ぎ周囲を見回してみたところ、脇道を入った先に店らしきものが見える。

少し悩んだが、せっかく旅をしているのだからチェーン店ではないところで食べるのも乙なものだ。そう考えて毛利はオートバイを押しながら脇道へ入っていく。

「BISTRO《ビストロ》 PENGUIN《ペンギン》か……」

目の前まで来てみると、看板にそう書いてあった。

こぢんまりしたレンガ調の建物はフランスの田舎を思わせる造りで、温かみを感じられる。壁に這《は》ったツタが余計にそう思わせるのかもしれない。

「とりあえず入ってみるか」

オートバイを店先の砂利の上に停めて、毛利は店に入ることにした。紺色に塗装された木製の扉を開けると、カランッとドアベルの音が軽快に鳴り響く。

昼時を少し過ぎているからか、店内には他に客がいないようだ。

外観と同じようにこぢんまりしているが、とてもよく手入れされていて、清潔感が漂う。細かなタイルが敷き詰められた床も、味があってよい雰囲気だ。

「いらっしゃいませ」

店員を探している毛利の耳に、とても渋くていい声が響いてくる。この店のオーナーの声だろうかと思い周囲を見回してみるが、人影が見当たらない。

代わりに、カウンターの内側に一羽《わ》のペンギンが立っていた。本物なのかぬいぐるみなのかわからないが、顎《あご》に一本線の入った、わりとシンプルなペンギンだ。

ペンギンがいるからBISTRO　PENGUINなのか、と納得する毛利の前で、ペンギンがその小さな翼でカウンターの席を指し示した。

「よろしければ、こちらの席にどうぞ」

その言葉に素直に従い、席に座ろうとしたところで気がついた。

今喋《しゃべ》っていたのは、ペンギンではないだろうか。クチバシの動きと声はピタリと一致していた。腹話術のようなものにしては、できすぎている。

ジッとカウンター内のペンギンを見つめると、彼はまるで毛利の心を読んだかのように目を細めて頷《うなず》いた。

ペンギンが喋るなんてそんなバカな話があるかとも思うが、とりあえず席に着く。待っていれば、そのうち人間が出てくるのだろうと思っていたのだ。

「こちら、メニューとお水になります」

「あ、どう……も？」

横から差し出されたメニューを受け取りながら、毛利は首を傾《かし》げた。

少し振り返ったのに、人の姿が見えない。

手にしたメニューを少しずらしてみると、そこには別のペンギンがいた。立派な黄色い眉毛に赤い瞳《ひとみ》のペンギンは、まるでギャルソンのようにベストとソムリエエプロンを着用し、蝶《ちょう》ネクタイを着けている。

毛利の驚いた顔にも反応せず、ギャルソンペンギンはお盆に載せていた水の入ったグラスをそっとカウンターテーブルへ置いた。

「お決まりになる頃、またお伺いします」

少し年齢を感じさせる、落ち着いた声で言いながら頭を下げ、ギャルソンペンギンは店の奥へと戻っていく。始めの数歩はよちよち歩いていたが、次第に両足でピョンピョン跳ねながら歩く後ろ姿は、なんだか和ませてくれる。

それにしても、今の声は明らかにギャルソンペンギンが発したものだった。ということは先ほどの渋い声は、目の前のペンギンのものなのだろうか。

考えて、毛利は顔を上げた。

一体どういうわけかはわからないが、今は人間よりもペンギンの接客の方が気楽とすら思える。これはむしろ幸運だったと思うことにしよう。

「あの、本日の肉料理と魚料理はなんですか？」

「本日は肉料理が鶏《とり》モモ肉のビール煮、魚料理がスズキのポワレになっております。前菜として、大根ポタージュが付いております」

思った通り、カウンター内のペンギンが丁寧に返してくれた。渋くてよく通る声が目の前のペンギンから発せられたものだとはなかなかのギャップだが、ペンギンが喋っていることだけはもう疑いようがなかった。

実はもうキャンプ場で寝ていてこれは夢なのではないか、と一瞬考えたが、それでもいい。今は久々にわくわくする、そんな愉快な状況を楽しもう。

「じゃあ、鶏肉のビール煮をお願いします」

「かしこまりました」

恭しく頭を下げて、ペンギンがカウンター内を移動し始めた。ギャルソンペンギンとは違い、よちよち歩くだけで跳ねたりはしない。だが、一歩歩く度に尾羽がひょこひょこ揺れて、こちらのペンギンの動きも和ませてくれる。

奥の厨房《ちゅうぼう》の冷蔵庫から何かを取り出したのを見てもしやと思った通り、ペンギンがコンロに火を入れて調理を始める。

驚かないわけではなかったが、ここはBISTRO PENGUINで喋るペンギンがいる。ペンギンがシェフだっていいだろう。

このビストロでは、どうやら調理担当はあのペンギン一羽のようだ。ジュージューと肉の焼ける音がしてきたかと思うと芳《こう》ばしい香りが漂ってきて、毛利の空腹感はどんどん増していく。水を飲んでごまかそうとしたところで、視界の端からギャルソンが近づいてくるのがわかった。

「大根のポタージュになります」

「ありがとうございます」

丁寧にテーブルに置かれたスープ皿には、白いスープが注がれている。それからバスケットに盛られたパンと、バターが並べられた。

「いただきます」

両手を合わせてから、毛利はまず大根のスープを口に運んだ。

大根独特の味と甘みが口の隅々にまで行き渡り、僅かに感じられた苦みは牛乳のまろやかさでスッと流されていく。僅かに残るすりつぶされた大根の舌触りが、ただのスープよりも食べている感が出ている。

「うまい……」

大根のスープは食べたことのない味だったが、程よい塩加減で純粋に美味しかった。

次にパンを手に取り、一口サイズにちぎってスープに浸してから口に入れてみる。パンの硬さで食感が変わり、嚙《か》んでわかる僅かな塩気が味を変えてくれて楽しい。

あのペンギンがこれを作ったのだとしたら、かなりすごい。人間の味覚に合わせて作ったのか、それともペンギンも同じような味覚を持っているのかはわからないが、とにかく美味しい。

空腹だったのもあって、毛利の食べる手は止まらない。

気がつけばあっという間にスープ皿は空になっていた。

物足りなさを感じた頃、先ほどよりももっと芳ばしい香りがふわりと鼻先をくすぐってくる。待ちきれなくなり、少し腰を浮かせて奥の厨房を覗《のぞ》き込んでみた。すると、ペンギンがお皿に肉を盛りつけているのが見え、毛利は静かに座り直す。

再び視界の隅からギャルソンペンギンが近づいてきた。

「鶏モモ肉のビール煮になります」

「ありがとうございます」

白い皿に盛られた鶏モモ肉には、タマネギの入った飴色《あめいろ》のソースがかかっている。マッシュポテトにニンジンとインゲン、それからズッキーニも添えられ、食欲をそそる彩りだ。

「いただきます」

手にしたナイフを鶏モモ肉に入れると、まずその柔らかさに驚かされる。フォークだけで崩れるのではと思えるほど柔らかい肉を切り、口に運んだ。

まず訪れたのはコクだった。一緒に煮込まれてソースと一体化しているタマネギの甘さとビールのコクが混じり合い、そしてほんの少し残ったビールの苦みで味が締まる。そこにホロッと崩れるほど柔らかい鶏肉の脂分と旨《うま》みが見事に調和した。噛めば噛むほど肉に染み込んだ旨味が口の中を満たし、毛利の舌と腹を満足させていく。

心の底から出てきた言葉が店内に響いた。

「うまい！」

「恐れ入ります」

いつの間にか毛利の前に戻って来ていたペンギンが、スッと頭を下げる。

もし彼が調理しているところを見ていなければ、とてもペンギンが作ったとは思えなかっただろう。と、そこまで考えて毛利は首を傾げた。

ペンギンが、鶏肉を調理していいのだろうか。

彼が食べているわけではないけれど、これもある種の共食いになるのではないだろうか。

しかし小型の鳥を大型の鳥が食べることもあるし、そういうことか。

色々考えながら目の前のペンギンに視線を向けると、目が合った。ニコリと微笑《ほほえ》まれたその顔がどこか面白くて、毛利の頬もつい緩んでしまう。

美味《おい》しいご飯と和ませてくれるペンギンのおかげで、ずっと冷え切っていた毛利の心が僅かだが温まっていくような気がした。多分ここが人間の店ではなく、ペンギンの店だから余計にそう思うのかもしれない。

「すごく、いいお店ですね」

だからつい、そんなことを切り出した。

「ありがとうございます。店を構える者として、何よりも嬉《うれ》しい言葉です」

「お店の雰囲気もよいし、料理も美味しいし、ペンギンがこうして接客してくれるのもいいと思います」

「そうですか」

マスターがとても嬉しそうに頷いている。

ここ数ヵ月事務的な会話以外したことがなかったのに、すらすらと言葉が出てくるのが自分でも意外だ。

「もちろんペンギンが料理できるとか驚きだけど、今の俺にとっては……ここがペンギンのお店で本当によかった」

しみじみと心からの言葉を呟《つぶや》いた。

深く考えずにこの店に入ったが、これがもし人間の店で気さくな店主だったら、毛利はもっと身構えていたことだろう。余計な詮索をされたくないと、話しかけるなという空気を出していたかもしれない。

だがペンギンだったからこそ、こうして話す気にもなれる。

「同じ種には話せないことも、別の種になら話せることは、私にも覚えがあります」

「やっぱり、そうですよね」

低音で響いてくるマスターの言葉は、すんなり毛利の心に入ってくる。むしろ、もっと彼の話を聞いてみたいくらいだ。

「聞いてもらいたいと思っても、話した時に望むような反応が返ってくるとは限りません。それが同種の相手ですと、受け入れがたい反応をされた場合、どうしても自分が否定された気持ちになってしまいますからね。ですが別の種であれば、自分とは別であると初めからわかっているので、どのような反応だとしても受け入れたり、無視したりを、自然に自分のさじ加減で決められるのかもしれませんね」

「なるほど。結局のところ相手が人間だと、俺はそれなりの反応を期待してしまうってことですね」

わかって欲しいなんて思わない、などと言っていても、結局は理解や同情を求めてしまうのだろう。だからこそ、これまで毛利も誰かに話そうとは思わなかったのかもしれない。

これ以上、誰かに裏切られたくないのだ。

「今日のランチ営業はもう終了ですし、少し話していかれますか？」

「え？」

突然の提案に、毛利は間抜けな声で返した。

カウンター内のペンギンの言葉を肯定するかのように、ギャルソンのペンギンが一度店の外に出て『OPEN』の札を『CLOSED』に変える。

「いや、でも……」

まるで誘われ待ちのような発言をしてしまったかと慌てる毛利だったが、目の前のペンギンの瞳《ひとみ》はどこまでも優しかった。渋々提案したわけでも、興味本位で提案したわけでもないと、不思議なことに瞳だけでわかってしまう。

「じゃあお言葉に甘えて、少しだけいいですか？」

「もちろんです」

残りのパンを呑《の》み込んでから毛利が切り出すと、ペンギンが穏やかに頷《うなず》いた。

一度水を飲んで深呼吸をし、毛利は心の準備を整えてから口を開く。

「特に仲の良くない家族から裏切られたのはまだいいとしても、信頼していた仲間や部下にまで裏切られて、なんかちょっと、人間不信になっているところなんです。だからこうして貴方《あなた》みたいなペンギンに接客してもらうと、すごく安心します」

「なるほど、それはお辛《つら》いですね」

その一言が、優しく渋い声のせいか一気に耳から頭を駆け巡り、毛利の中にズドンと落ちてきた。

辛いとか悔しいとか、正直これまで考えてこなかった。ただただ呆然《ぼうぜん》として、誰とも話したくなくて、何もかも投げやりな気持ちになっていた。

だが今ようやく、自分は辛かったのだと素直に思える。

「そうですね……辛かったです」

認めてしまえば、一気に心臓を握りつぶされるような気持ちにもなる。だが同時に強張《こわば》っていた肩から、少しだけ力が抜けた気もした。

「全て捨てて旅に出たのは、そういう辛さに呑み込まれる前に逃げたかったからなんでしょうね」

「逃げることは悪いことではありませんよ。向き合うための準備として考えれば、一時的に撤退するのはある意味戦略と考えられます」

ペンギンのしみじみとした言葉に、毛利は深く頷いた。

「戦略的撤退、ということですか。なるほど、そう考えればずいぶん前向きな考えになりますね」

なぜ逃げるのか、逃げても何にもならない、などと言われるよりずっと気持ちが楽になる。

「誰しも、休息が必要ですからね」

「……休息か……」

言われてみれば、会社を立ち上げてからがむしゃらに突き進んできた。最低限の休みは取っているつもりだったが、長期休暇を取ったことなど一度もなかった。旅行も、大学の時以来だ。

「無理に人間を信じようとするのも違いますし、せっかく旅に出ているのであれば、一度心身ともにリラックスするのはいかがでしょう」

低音で響いてくる言葉は、心地よく毛利の心に降り積もる。だから素直に頷けるのだろう。

「いいですね。どうせ時間もありますし、のんびりすることを目的にするのは確かによさそうです」

目的もない旅だったが、休息を目的とするのも悪くない——考えると、毛利の頬が自然に緩んでいく。

こんな和やかな気持ちになれたのは、いったいどれくらいぶりだろうか。このビストロに来るために、毛利はこの地に導かれたのではないかと思えるほどだ。

「本当に、ここがペンギンのお店でよかった……」

そう言うと、まるで見計らっていたかのようにギャルソンが横からスッと伝票を出してくる。

「ごちそうさまでした。とても美味しかったです」

支払いを済ませてから毛利が立ち上がる。

「またのお越しをお待ちしております、毛利様」

カウンター内のペンギンと、ギャルソンが同時に頭を下げる。

その姿を見て、彼らはなんという種類のペンギンなのだろうと思いながら、毛利は扉を閉めた。


翌日、キャンプ場を出発した毛利は一通り市内を巡ったあとで展望台に向かった。

無意識に避けていたその山は、毛利にとって特別な場所だ。BISTRO PENGUINに行かなかったら、きっと訪れないまま帰っていただろう。だが今なら、のんびり休暇という気持ちで向かうことができる。

何度も通ったことのある山の麓のバス停で一度停車し、時刻表を覗いてみて驚いた。あの頃も本数は少なかったが、今は一時間に一本もないくらいと、更に減っている。これでは車を持たない人はなかなか上に行かないだろう。

少しだけ感傷的な気分のまま、毛利は山道を登ることにする。

そうして登り始めて少し経《た》った時だった。

前方に小さな人影が見えて、思わず速度を落とす。近づくにつれて、想像以上にその人影が小さいことがわかってきた。

注視すると、ランドセルを背負った小学校二、三年生くらいの女児がたった一人で登っている。この先に民家でもあるのだろうかとも思ったが、なんだか気になって、毛利は少女の横で一度オートバイを停止させた。

「こんにちは」

「あ、こんにちは」

ヘルメットのシェードを上げて軽く挨拶《あいさつ》をすると、少女は警戒心なく返してくる。あまりにも純粋な態度で、他人なのに心配になってきた。

「迷っている……わけじゃないよな？」

不審者と思われないよう、言葉を選んで毛利は尋ねてみる。

「大丈夫です！　今から展望台に行くだけなので」

「展望台？　一人で？」

ハキハキと迷いのない答えに、逆に毛利が戸惑ってしまう。

「はい、一人です」

待ち合わせをしている可能性を考えていたが、あっさりと打ち砕かれた。

「大丈夫？　まだこの先長いけど……」

老婆心から聞いてみると、少女はキョトンとした顔で首を傾《かし》げた。

「車だとそんなかからないから、大丈夫だと思います」

「いやいや、車と歩きじゃ違うよ。歩いたら、きっとあと三十分はかかると思う」

「そうなんですか。でも大丈夫です」

毛利の言葉を深く理解していない様子に、ますます不安になってくる。

地方の子どもなら、三十分の山道はなんてことないのだろうと思わないでもない。しかしこんな車もあまり通らない山道をこの年の子が一人で歩いていると、毛利の方が正直不安だ。

かといってここで後ろに乗るように言ったら、自分こそが不審者になるかもしれない。

これまで周りに子どももなんていなかったし、扱いには慣れていない。どんな対応をすればいいのかもわからない。

だがこの子をこのまま見過ごすこともできそうにない。

先ほど確認した限りでは、バスが来るのも一時間後だ。

少し悩んだ末、聞いてみることにした。

「俺も展望台に行くつもりなんだけど、後ろ乗っていく？　荷物があるから少し窮屈かもしれないけど」

警察が通りかかったら完全に職務質問されてしまうだろうが、やましいことは何もないともう開き直ることにする。

ここで不審者だと少女に認定されたらそれはそれと思ったが、彼女は目を輝かせてこちらを覗《のぞ》き込んできた。

「いいんですか？　私、オートバイ乗ったことない！」

好奇心の塊みたいな顔に毛利はどこか懐かしさを感じながら、後ろの荷物入れから予備のヘルメットを取り出した。

「じゃあ、大きいと思うけどこれ被《かぶ》って」

毛利が顎紐《あごひも》を調整したヘルメットを少女は素直に被る。やはりかなり大きそうだが、被らないよりはマシだろう。

「スピードは出さないけど、山道だからしっかりシートにあるベルトに摑《つか》まるか、俺に摑まって」

「わかりました！」

とりあえず展望台まで連れて行って、帰りはバスの時間まで一緒に待ってあげればいいと考えて、毛利はオートバイを発進させた。

展望台まではかなりの安全運転でも、十分もせずに着いた。徒歩三十分と言ったが、少女の足ではもっとかかっていたことだろう。

「ありがとうございます！　あっという間だし、オートバイって面白い！」

少女が嬉《うれ》しそうに頭を下げた。

平日の昼間だが紅葉が見られるのもあって、想像よりは人がいる。とはいえ、老夫婦や若いカップルなどが十組いるかいないか程度だ。

「帰りのバス、一時間半後か……」

そこまでの時間一緒にいるのも気が引けるが一人で置いていくわけにもいかない。時刻表を見て悩む毛利の横を抜け、少女が展望台の先まで走っていく。

「お兄さん！　すっごい遠くまで見えるよ！」

柵《さく》まで辿《たど》り着いた少女は毛利に大きく手を振りながら呼びかける。無視する理由もないのでゆっくり歩き、少女の横に立った。

「これはすごいな……」

少女の言った通り目下に広がる紅葉の先には、街が見渡せる。久しぶりに望んだ景色は、冬の澄んだ空気のせいか遠くの山までよく見えた。はっきりと見渡せる街はまるでミニチュアみたいで、先ほどまであの辺りを走っていたのが嘘《うそ》に思えるほどだ。

少し先の海が太陽光に照らされて輝いている。普段は山ばかり見ていて忘れがちだが、ここは海も近いのだ。

「私の学校、あの辺なんだ！」

少女が指差したのは、毛利が通った小学校と同じ方向だ。

そういえばあの頃、友人と一緒にここで彼女のように学校を探した。近くに中学校もあるから、校舎の形やプールの位置で見分けたような気がする。

小学生の毛利も、この少女と同じように目を輝かせてこの景色を見ていたのだろうか。

きっと、そうだったに違いない。

「この景色が見たかったのか？」

たった一人で山道を登ってまで来ようと思う理由が知りたくなって尋ねてみると、初めて彼女の顔が曇った。

「ごめん、何か変なことを訊《き》いた？」

すぐにでも泣き出しそうな表情を見てうろたえる毛利に、少女は小さく横に首を振った。

「あのね、この前の日曜日にペットが死んじゃったの」

俯《うつむ》いたまま、少女は振り絞るようにして言葉を紡いだ。

小学生の頃に飼い犬を亡くしてからペットを飼ったことはないが、それでもこの小さい彼女の気持ちは想像がつく。

「ハムスターだから三年しか一緒にいられなかった……三年も生きれば長生きだったんだよ、って言われたけど、私にとってモチ太《た》はたった一匹のハムスターなの。お店でお餅みたいに伸びてたから、モチ太ってつけて……」

「そうだよな。人だってペットだって、代わりはいない」

必死で言葉を選び毛利が同意を示すと、少女が涙目になって頷《うなず》いた。

「悲しくて泣いてたら、ママが、モチ太は星になったって言うの」

「ああ……」

よくある慰め方だと思いながら、毛利は相槌《あいづち》を打つ。

誰かの死を理解するのは、なかなか難しいことだ。少女くらいの年ならそろそろ理解できそうだが、母親は少しでも悲しみを和らげたかったのだろう。

「……それで、ここに来たら近づけるって思った？」

毛利の言葉に少女が深く頷いた。

たった一人で展望台に来ようと思うほど、彼女にとってハムスターは大事な存在だったのだ。その純粋さがなんだか眩《まぶ》しくも感じられた。

「本当は夜に来て、モチ太の星を探したかったんだ。けど、ママもパパも忙しいから頼めないし、一人では来れないし……」

この季節にここから見える夜空はきっと綺麗《きれい》だろう。

それに、もし本当に星を探したいなら、ここには最適な場所がある。

「……天文台からなら、星も探せるかもな」

毛利の呟《つぶや》きに、少女が勢いよく顔を上げた。

「お兄さん、ここの天文台行ったことあるの？」

そう尋ねてくる彼女の表情は期待に満ちていて、毛利は思わずたじろいだ。

「あ、ああ……かなり昔、二十年くらい前かな」

「そっかあ……そんな前かあ」

期待外れという顔をされて、なんだか申し訳なくなってくる。

「でも、そうだよね。天文台、ずっと閉まってるし」

「え？　閉まってる？」

予想していなかった情報に思わず聞き返すと、少女はさも当然というように頷いた。

「うん。ママが言ってたよ、もう何ヵ月も前に閉まってるって」

「そっか」

「だからね、頂上まで行っても意味がないって言ってた」

あの場所が閉まるなら、もっと早くここへ来て最後に見ておけばよかった。

あの頃のキラキラした思い出が頭の中で蘇《よみがえ》って、少し胸が苦しくなる。

「そんな前か……」

星を見るなら頂上が最適なはずなのにという疑問は解消されたが、毛利の心にはなんだか穴があいてしまったかのようだ。思い出の場所が閉まってしまったという事実は、想像以上に衝撃的だったのだろう。

「天文台って、楽しいの？」

「え……？」

「お兄さん、すごく寂しそうな顔だから。どうだったのかなーって」

こんな子どもに悟られるほどかと恥ずかしくなって、毛利はつい口元を片手で隠す。

「小学生の頃行っただけなんだ。けど太陽系から天の川銀河とか、他の銀河とかの展示があって、すごく楽しかった……夏休みは天体観測ツアーみたいなのもやってたし……」

初めて行ったのは五年生の夏休みだ。

小学生向けの天体観測ツアーがあると、クラスメイトが誘ってきた。自分で天体望遠鏡を持っていたから、わざわざ天文台なんか行かなくてもと思っていたが、行ってみれば全く精度が違って感動したのを今でも覚えている。

それから、なんとなく星が好きから、すごく星が好きにまで変わっていった。友人と一緒に昼間も天文台に通って、職員とも仲良くなって、色々勉強させてもらった。

まだ人を本気で疑うことを知らない純粋さを持っていた頃だ。

「じゃあ、お兄さんは星に詳しい？」

「昔は好きだったけど、今は結構忘れてるかな」

正直に毛利が答えると、少女が少し悩むような顔をして俯く。

しばらくの沈黙の後、何か言いたそうな目で毛利を見上げてきた。

「お兄さんは、モチ太が星になったって本当だと思う？」

毛利の腕を摑んで、少女は縋《すが》るような視線を向ける。

「それは……」

「クラスの子がね、そんなわけないって言ったんだ。死んじゃったらそれで終わりだって。けど他の子は誰かが死んだらお星様になるって言って、そこで喧嘩《けんか》になっちゃった。みんな仲良かったのに……」

少女が悲しそうに目を伏せる。

「そんなわけないって言った子が私たちのことを嘘つきって言って、それを教えた私のママも嘘つきだって言うの」

クラスメイトの言っていることは間違いではない。かといって、彼女の親の気持ちをないがしろにしていいものではない。

「ママは嘘つきなのかな？　モチ太は星になってないの？」

涙目で少女が見つめた。

難しいことだが、いつまでも黙ってはいられないと毛利は口を開く。

「わからない……夜空に輝く星ってのは恒星といって、自らで輝くエネルギーを持つ物体で、太陽より何百倍も大きいものもたくさんある。だから俺は誰かが死んだからって、突然それだけ大きな恒星になれるなんて、とても思えないんだ」

自分は何を言っているんだと戸惑う毛利の前で、少女はジッと次の言葉を待っている。

「だけど、モチ太が君を見守りたいと思っているなら……どこかの恒星と一体化して、輝きながら君の夜空を照らしているって可能性はないとは言えない。そこは誰も証明ができないし、誰も否定もできないと思うよ」

どうにか話を着地させてから、少女の顔色を窺《うかが》う。怒るか悲しむか、予想できなくて緊張する毛利の前で、少女がふにゃっと泣きそうな顔で笑った。

「そっかあ、モチ太が見守ってくれてる可能性はあるんだ……」

掠《かす》れそうな声で言って、少女は堪《こら》えきれないというように涙を拭う。

「ごめん、星になったって言ってあげられれば良かったのに」

罪悪感にさいなまれて毛利が頭を下げると、少女が小さく首を振った。

「ううん……実はね、誰かが死んじゃう度に星が増えてたら、空が星だらけになって夜がなくなっちゃうんじゃないかなって思ってたの。だから、お兄さんのお話でそっかあって納得できたよ」

子どもらしい発想だが、確かにそうだ。誰かが死ぬ度に星になっていたら、今頃夜空が星で埋め尽くされているはずだ。

「ママたちは私を元気づけようとして言ってくれたのは、わかってるんだ。嘘だけど、嘘つきじゃないよね？」

「ああ……それは悪い嘘じゃなくて優しい嘘だから、嘘つきではないと思う」

毛利の言葉に少女はホッとしたように一度首を縦に振ってから、すぐ不安そうに瞳《ひとみ》を揺らした。

「でもあの子が言ったことも間違ってないから……また皆で仲良くできるかな？」

小さい子どもに見えても、きっと心の中では大人と同じようにたくさん考えているに違いない。誰かの気持ちも敏感に受け取りながら、それでも彼女の中の正解を探していくのだろう。

「君がそういう気持ちを持っていれば、きっと仲良くできるんじゃないかな」

「うん。また仲良くできるように頑張る」

当たり障りのない毛利の返事に、彼女は満足そうに頷いた。

そしてまた目下に広がる景色を見下ろすように、柵《さく》を両手で掴《つか》む。

「けどやっぱり、ここに来てよかった。少しでもモチ太に近づけたって思えるもん」

「なら、よかった」

どこか涙を堪《こら》えた顔で遠くを見つめる少女に、毛利は静かに頷いた。

喧嘩をした相手ともまた仲良くなりたいと言える彼女は、きっと強い。人を信じられなくなって逃げている毛利よりも、ずっと強い。それが羨ましくもあり、眩しくもある。

「お兄さん、連れてきてくれてありがとう！」

少女は毛利に信頼しきった笑顔を向けてくる。

自分にも、こんな風に他人を信じられた頃が間違いなくあった。

何も怖がらずただ人を信じて、そして裏切られたり裏切ったりして、そうして大人になっていった。

どうしてもっと友人を大事にしておかなかったのだろう。あの頃の友人と今でも連絡を取っておけば、こんな時に信じられる相手でいてくれたかもしれないのに。

そこまで考えて、頭の中でそんなのは都合のいい考え方だと打ち消した。


結局、帰りも少女を麓まで乗せていった。バス代を渡して帰ろうかとも思ったが、四十五分以上待つので止めたのだ。家まで送るのは個人情報を訊《き》き出すことになるので、彼女が歩いて帰れるという位置で降ろして別れた。

時計を見るともうすぐ十四時になりそうだ。まだお昼を食べていないことに気づいた途端、腹が鳴る。

「あのビストロ、また行けるかな。確かランチは十四時半までって書いてあったし……間に合うといいんだけど」

昨日はふわふわした夢心地で帰ったため、辿《たど》り着けるか不安になった。しかしいざ向かってみれば、驚くくらいすんなりＢＩＳＴＲＯ　ＰＥＮＧＵＩＮの前に到着できた。

店の前にオートバイを停《と》め、ビストロの扉を開けるとカランッとドアベルの音が鳴る。

「いらっしゃいませ」

昨日と同じ渋くいい声が響いてきて、カウンター内のペンギンが毛利に向かって頭を下げた。つられるようにして軽く会釈を返してから、毛利は昨日座った席に腰を掛ける。

すると、すぐにギャルソンのペンギンが跳ねて近寄ってきた。

「メニューになります」

カウンターテーブルに手際よくグラスとメニューを置いて、ギャルソンペンギンは店の奥へと戻っていく。

メニューには肉料理と魚料理のランチと、下の方にオニオングラタンスープやニース風サラダなどが並んでいた。

「オムライス……？」

思わず呟くと、目の前のペンギンがニコリと微笑《ほほえ》んだ気がした。

「そちらは卵で巻いたものではなく上にオムレツを載せたもので、オムレツライスと言う方が正しいかもしれません」

オムレツの載ったライスを頭の中で想像してみると、美味《おい》しそうな気しかしない。昨日は肉料理を食べたことだし、ここはひとつ変化球を頼んでみることにする。

「じゃあ、オムライスでお願いします」

「かしこまりました」

ペンギンがスッと頭を下げてから動き出した。

尾羽を揺らしながらよちよち歩きで厨房《ちゅうぼう》の奥へ向かい、冷蔵庫から卵や他の材料らしきものを取り出していく。それを作業台の上に載せると、すぐ後ろにあるコンロに火を点《つ》けた。

いくつかの野菜をみじん切りし、まな板からフライパンに移した。ジュッと野菜が炒《いた》められる音が毛利のところまで響いてくる。

「セットのスープ、コンソメブリュノワーズになります」

「あ、ありがとうございます」

ペンギンを眺めている毛利の手元に、ギャルソンがスープ皿を運んできた。透き通った琥珀《こはく》色のスープの中には、賽《さい》の目に切られた色とりどりの野菜が沈んでいる。

「いただきます」

スープ用のスプーンで一口運んでみると、濃厚で旨《うま》みの詰まった、だがどこか優しさを感じる味が口内に一気に広がった。

余韻を味わいながら、次の一口用に今度は野菜をたっぷり掬《すく》って口に入れてみる。

歯茎でも噛《か》めてしまいそうなほど柔らかく煮込まれた野菜から、ジュワッとスープが流れ出す。そこへニンジン、カボチャ、タマネギなどの野菜の味と甘みが口の中で溶け合っていった。

「うまい……」

思わず声を漏らすと、少し離れたところで待機しているギャルソンがどこか満足気に頷《うなず》くのが見えた。

スープをそのまま味わいながら、調理しているペンギンへと目を向けてみる。

いつの間にかチキンライスらしきものができあがり、今度はオムレツを作るようだ。取り出していた卵を手に取り、作業台の上にあったボウルに向かって割った。

ペンギンが卵を、割った。

昨日の鶏肉《とり》料理に引き続き、なんだか背徳感がすごい。なんていうものを頼んでしまったんだという罪悪感があるが、泡だて器を使って鮮やかな手つきでかき混ぜていくペンギンの姿につい見入ってしまう。

シャカシャカと小気味いい音が毛利の場所まで響いてきて、期待に胸が膨らんでいく。

しばらくかき混ぜたあと、熱々のフライパンに溶き卵を流し込んだ。

ペンギンが卵を焼いていく姿にはやっぱり罪悪感を覚えずにいられないが、それよりもバターと卵の香りでそそられる食欲の方が勝つ。

バターの芳醇《ほうじゅん》な香りを楽しんでいるうちに、どうやらオムレツが焼き上がったらしい。

チキンライスが盛りつけられた上にオムレツが載せられる。

今から運ばれてくるそれに期待が膨らんで、店内のギャルソンを視線だけで探そうとした時だ。

カウンターテーブルに他の客が座っていることに気づいた。先ほどまではいなかった気がするが、毛利が驚いたのはそこでない。

座っているのはウサギだ。

もふもふとした灰茶色の毛に包まれた体に、長い耳が特徴的な、ウサギだ。

しかし水色のジャケットを着て、チノパンらしきものを穿《は》いているのが、毛利の知っているウサギたちとは違う。そして器用に椅子に腰を掛けて、頬杖《ほおづえ》をついている。

「お待たせいたしました。オムライスになります」

夢でも見ているのかと一瞬考えたが、ギャルソンを見て我に返る。ここはBISTRO PENGUIN、ペンギンたちが営むビストロだ。それなら客にウサギがいようが何もおかしくない。

「いいなあ、オムライスか。ボクもそれにしようかな」

ウサギが興味津々な瞳をこちらに向けて鼻をヒクヒクさせると、ヒゲも上下に揺れた。

「うーん、いい香り。マスター、ボクもオムライス食べたい」

決意した様子で、ウサギはカウンター内のペンギンに向かって話しかけた。

「承知いたしました」

マスターって誰のことだと思ったが、返ってきた低音の声で理解した。どうやらあの調理をしてくれるペンギンがマスターのようだ。

「冷めないうちにどうぞ」

毛利がウサギとマスターに気を取られていることに気づいてか、ギャルソンが一言告げてから店の奥へ下がって行く。相変わらず途中からは跳ねて移動していて、毛利はその後ろ姿をまた眺めそうになってしまうが堪えた。

改めて目の前の料理へ目を向けると、緑色の皿の上にこんもりと盛られたチキンライスにオムレツが載っている。オムレツにはキノコの入ったホワイトソースがかけられ、とにかく美味しそうに見えた。

「いただきます」

手に取ったスプーンをオムレツに挿すと、シュワッと音がしてそこから卵がトロリと流れ出す。

中身が全て出てしまうのではないかと思えるほどのトロトロ具合に、少し焦りながら掬って口に運んだ。

口の中に、ふわふわでトロトロの食感が広がっていく。同時に、バターの風味と濃厚な卵の味わいも舌に広がった。

次にホワイトソースと絡めたオムレツを口に入れてみて、驚いた。口の中から鼻孔に抜けるこの香りは、間違いなくトリュフだ。ホワイトソースと他のキノコに合わさることで、香りも味も濃厚なものに仕上がっている。

最後にチキンライスを食べてみると、優しくて懐かしい味がした。昔ながらのケチャップで作られたチキンライスは、凝縮されたケチャップの旨みと柔らかな鶏肉からじわりと溢《あふ》れる肉汁が、口の中で溶け合っていく。

「うまいなあ……」

「いいよねえ、オムライス」

しみじみと口にすると、隣のウサギが鼻を動かしながらこちらを見てくる。

「食べてるとちっちゃい頃の、幸せな記憶が呼び起こされる気がするんだ」

「確かに、そうですね。俺も食べていて、なんか思い出す気がします」

こんなに美味しいチキンライスは食べたことないと思うのに、子どもの頃に家で食べた味をどこか思い出す。

同意する毛利に、ウサギが嬉《うれ》しそうに目を細めて微笑んだ。

「お待たせいたしました、オムライスになります」

「わーい、いっただきます」

ギャルソンがオムライスの皿をウサギの前に置くと、嬉しそうに手を合わせた。

ウサギの手で器用にスプーンを持ち、オムライスを食べていく。あんな手でよくスプーンが握れるものだと思ったが、そんなことを言ったらペンギンたちの方がもっとすごい。

ウサギが「美味しい美味しい」と言う横で、毛利も夢中になってオムライスを口に運ぶ。

チキンライスとふわふわの卵を同時に食べると、味の幅が広がりつつも見事な調和が取れて本当に美味しい。ソースを絡めればまた別の味わいとなり、同じ皿なのに何通りもの味が楽しめる。

「うーん、幸せだなあ」

言葉通り、ウサギが耳を後ろに倒し目を細めている姿は幸せそうだ。どこにも悩みなんてないみたいな顔で、見ているこちらもほんわかしてくる。

もちろん、悩みがないわけではないだろうというのは、山で会った少女からも十分に学んだ。

毛利だって、誰かから見たら気ままにオートバイで旅をする、お気楽な人間に見えるはずだ。

誰の悩みだって見た目や上辺だけでは測れない。呑気《のんき》に見えたり、幸せそうに見えたりしても、それぞれに抱えているものがあるのだ。

考えていると、毛利は知らぬ間にため息をついていた。

「美味しい物を食べているわりに、浮かない顔をするんだね」

横から覗《のぞ》き込むように、ウサギが円《つぶ》らな瞳《ひとみ》でこちらを見上げている。

「え、そうですね……すみません、辛気臭いですよね」

「ううん、全然」

咄嗟《とっさ》に謝る毛利に、ウサギはゆっくり首を振って否定した。

「けど、美味しい物を食べても幸せな顔にならないってことは、それだけキミの心が沈んでいるってことでしょ？　大丈夫かなって思っただけだよ」

ウサギが耳を少し後ろに倒しながら心配そうな目を向けてくれて、毛利は戸惑いを覚えた。今会ったばかりの誰かにこんなに心配してもらったことなど、これまであっただろうか。

「どうだろ……とりあえず日々を過ごせているから、大丈夫なんだと思うんですけど……」

別にウサギは好きでも嫌いでもなかったが、幸せそうに食べていたりこちらを心配したりと、コロコロ変わるウサギの表情の威力がすごい。

毛利の痛みを引き受けているような顔を見ていると、これ以上心配はかけたくないと思ってしまうが、かといって嘘《うそ》を言うのも憚《はばか》られる。

だから曖昧に言うしかなかった。

「そっか……すごく辛《つら》いことがあったんだね」

毛利の努力は全く功を奏さなかったようで、ウサギはますます落ち込んだように耳を伏せた。

「えっと、確かに辛かったんですけど、もう仕方ないっていうか……」

「そうだ！」

しどろもどろになっている毛利の前で、突然ウサギがピンッと耳を立て、カウンターテーブルに手をついて立ち上がる。

「ボクたちに話してみてよ。何かいい解決方法が見つかるかもしれない」

「えっ……」

キラキラ輝く瞳で見上げられ、毛利は思わず言葉を詰まらせた。

「ね、マスター。いいと思わない？」

「そうですね、毛利様さえよろしければ」

ボクたちとは誰のことかと思ったが、どうやらマスターも頭数に入っていたようだ。

「ここで会ったのも何かの縁だし、聞かせてよ」

「いや、だけど……」

マスターには昨日少し話をしたしどうしたものかと迷っていると、カウンター内から彼が穏やかに目を細めて頷いた。

「昨日もお話しした通り、同種には話せないことでも、別種には話せることがあります。幸いここのヒトは毛利様だけで、他にはヒゲペンギンとキタイワトビペンギン、そしてアナウサギのナギ様しかおりませんので、話しやすいかもしれませんよ」

「それは……」

確かに昨日も話しやすかった、しかしそこまで甘えていいのだろうか。

「けど、面白い話じゃないですよ」

「それでいいんだよ。キミが気持ちを楽にするために話すんだから」

ウサギのナギが純粋な瞳を毛利に向けてくる。

彼らの得にならないのに、そんなことをしていいのかという気持ちはあったが、彼やマスターの瞳を見ると寄り掛かってもいいような気がしてきた。

「じゃあ……お言葉に甘えて……少し、聞いてください」

毛利がそう切り出すと、マスターとナギが頷いてこちらに体を向けた。

「俺の父は会社をいくつも経営していて、かなりのやり手でした。だから小さい頃には子どもらしい夢を持ったけど、俺も結局経営者として生きていこうと思ったんです。大学を卒業してすぐ、会社を立ち上げました。人脈や初めの資金などは全部、父親に頼る形でしたけど」

父親に計画書を提出した時の緊張感は今でも覚えている。黙ったまま一枚ずつ確認し、最後に「いいんじゃないか」と言ってくれた時は本当に嬉しかった。

とにかく会社を軌道に乗せて、もっと父親に認めてもらいたい。初めのうちはそんな気持ちでとにかくがむしゃらに前に進んでいた。

「社長の俺が己の足で営業をかけて、どんどん取引先を増やしました。現場にもしょっちゅう顔を出して、社員のやる気なんかも気にして、利益が拡大したらボーナスを出して、福利厚生にも力を入れていたつもりです。けど、俺のやり方が気に食わない人もいた」

もっと早く動きに気づいていたら、何か変わっただろうかという気持ちもある。だが毛利がどう行動していても、自分の立場の結果くらいしか変わらず、仲たがいは避けられなかったのかもしれない。

「そんな中、五ヵ月ほど前に俺の父が急逝しました。元々そんなに体が強い人じゃなかったし、病気が見つかってからは早かったんです。すごく悲しかったけど、亡くなった父に笑われるような経営はしたくないって、自分の会社経営に力を入れました。多分、そこで俺は視野が狭くなっていたんでしょうね。社員を大事にすることよりも、会社の利益を上げることに力を入れたいと思う仲間に、全く気づけなかったんです」

思っていた以上にスラスラ言葉が出てきて、自分でも少し驚く。マスターやナギの様子を窺《うかが》うと、二人とも真剣な顔で続きを待っている。

だからだろうか。ここからが一番話しづらいことなのに、気持ちはすごく落ち着いていた。

「三ヵ月前、いつも通り営業に出ていたところ歩道に突っ込んできた車に轢《ひ》かれました。幸い、全身打撲と数ヶ所の骨折で済んで、後遺症もなく回復できましたが、入院している間に開かれた株主総会で、代表取締役社長を解任されたんです」

「そんな……」

ナギが悲しむように耳を後ろに倒す。自分のことでここまで悲しませて申し訳ないとも思ったが、毛利は先を続けた。

「株の保有率の動きを気にしていなかった自分の落ち度もあります。ただ、後任の代表取締役社長が実の兄だったことはともかく、計画したのが会社を立ち上げた時から右腕だった仲間だったことや、他にも直属の部下が絡んでいたことはかなりの衝撃でした」

「そりゃそうだよ……だって、信じていたんでしょう？」

　ナギの言葉に毛利は小さく頷《うなず》いた。

　立ち上げの時から一緒だった副社長は、そのまま今も副社長として働いているようだ。毛利の秘書だった男も役員の半数も、今でも在籍している。

「追い出されてから、色んな人が声をかけてくれました。父の会社を受け継いだ親戚や、これまでの取引先、それから同じ時に退職した人から一緒に会社を設立しようという誘いもたくさんありました。だけど……もしまた裏切られたらって思うと……」

　ギュッとカウンターテーブルの上で拳《こぶし》を握った。

　結局、自分は怖いのだ。また人を信じて、裏切られるかもしれないと思うと怖くて仕方がない。そんな思いはもうしたくない。

「誰だって、裏切られるのは嫌だよね……」

「慣れるようなことでも、ありませんしね」

　ナギとマスターが深く頷く。

　同調してもらっただけなのに、なぜかとても温かい。

「だから、旅に出ました。そうしたら、人とは最低限のかかわりで済むから……けど、いつまでもこうしていられるわけではないのも、わかります」

「逃げることは間違いじゃないから、あとはキミがどうしたいか、だけだと思うんだ」

「俺が、どうしたいか？」

「そうですね。毛利様はずっと旅をしていても、贅沢《ぜいたく》をしなければ生きていける程度には余裕があるのだと見受けられます。ですが、それでも悩まれているのは、なぜですか？」

「それは、やっぱりこのままじゃいられないって……あれ……？」

逃げ出したのだから逃げていたい。

しかし、いつまで逃げていていいのだろうか。

それが自分の中での一番大きな悩みだと思っていた。

だが言われてみれば、この先ずっと旅をしていても生きられるだけの金はある。このまま逃げ続けていたって構わないのだ。

それなのに悩んでいるということは、本当のところで自分がこの旅を望んでいないことになる。

「俺は誰かを、信じたい……？」

そう口にすると、なぜか急激に眠くなってくる。

眠りたいわけではないのに、頭も瞼《まぶた》も重くなった。

抗《あらが》えないほどの強い眠気に襲われ、いつの間にか毛利は意識を手放していた。

目が覚めると、建物の中にいた。

なんだか既視感のある廊下とそこに並ぶ部屋の様子からして、ここが学校内であることはなんとなくわかる。

だが、周囲にいる生徒らしき者たちが奇妙だった。

カンガルー、クマ、サルなど、誰もが動物なのだ。しかもポロシャツにスラックスやスカートなど、制服らしきものを着て、皆が二足歩行をしている。

一体どこへ来てしまったのかと驚きつつも周囲を見回していると、更なる違和感を覚えて毛利は自分の姿を確認しようと下を向いた。

手が、もふもふしている。手の裏も表も灰茶色の毛で覆われている。

困惑しながらも頭に手を持って行くと、耳が付いていた。長い耳は、まるでウサギのようだ。

慌てて鏡を探すために廊下を走った。

今は昼休みなのか、廊下には様々な動物の生徒たちが歩いている。ほとんどの動物は毛利より大きかったため、すり抜けるようにして歩いていると、大きな窓に自分の姿が映った。

「ウサギだ……」

どこからどう見ても制服を着たウサギだった。

一体なぜ自分はウサギになったのか、どこに行けばいいのかわからず、毛利はとぼとぼと廊下をそのまま歩き続ける。

ふと階段に向かおうと廊下を曲がったその時だった。

誰かと思いっきりぶつかり、毛利は尻餅をつく。

「ご、ごめん……大丈夫？」

「いえ、こちらこそ」

差し出された手を取って立ち上がると、目の前にはウサギがいた。今の毛利と同じ、そしてナギと同じ灰茶色のウサギだ。

制服がスカートなのでおそらくメスなのだろう。

よく見ると、片方の耳が少し欠けている。

「元気ないみたいだけど、どうしたの？」

「えっと……」

心配そうに尋ねられて、毛利は言葉に詰まる。気がついたらウサギになっていました、なんて言ってもきっとおかしくなっただけだと思われるだろう。

「一年生か……よし、ワタシについて来て」

返事を聞く前にウサギは困惑する毛利の手を取って走り出した。

さすがウサギなだけあって、足が速い。大きな動物たちの足元を縫うようにして走り抜け、いつの間にか校舎の外に出ていた。

「ここは……」

そのまま連れて行かれたのは、裏庭にある畑のような場所だった。学校内にある割にビニールハウスまであり、外の畑もかなりの種類が植わっているようだ。

「いいでしょ、ここ。結構な数の生徒で一緒に育ててるんだよ」

そう言って、彼女は赤く実ったトマトをもぎって毛利に差し出してきた。

「食べてみて、美味《おい》しいから」

「どうも……」

上級生に勧められたら食べないわけにはいかないと、軽くトマトを制服で拭いてから毛利は齧《かぶ》りついた。

途端、瑞々《みずみず》しさが口の中で弾《はじ》けるように広がり、続いてトマトの甘さがやってくる。

「……美味しいです」

「でしょ！　ここのトマト、本当美味しいの！　少しは元気でた？」

ウサギがどこかいたずらっぽく笑ってこちらを覗《のぞ》き込んだ。彼女は毛利を励まそうとしてくれたのだとわかるが、初対面なのにここまでしてくれるのは同種だからだろうか。

「ワタシもね、先月転校してきたばっかりの頃にここに連れてきてもらったの。それからすっかり気に入っちゃったんだ」

「転校？」

「うん。前の学校でちょっと色々……というか、同じアナウサギたちに虐《いじ》められちゃって」

ここ以外にも動物の学校があるのかと驚く毛利に、ウサギは遠い昔のことを話すように微笑《ほほえ》んだ。

「友達だと思ってたウサギたちに虐められて、先生にもワタシが悪いって責められて、他の皆ともうまくいかなくなって……それで逃げてきちゃったの」

その言葉に毛利の胸が苦しくなった。

それなのにもう終わったからなんてことないという態度で、彼女は自分用のトマトを頬張っている。

「けど、そのおかげでこんな美味しい野菜が食べられるんだから、悪いことばかりじゃないよね。ここで会ったアナウサギも他の種もみんな優しいし」

微笑む彼女の目は輝いていて、それが本心からの言葉だとわかる。

「なんでそんな……笑って話せるんですか？　つい最近まで、すごく辛《つら》かったのに」

学校という狭いコミュニティで辛いことがあったのに、なぜ彼女はこんなに前向きでいられるのだろう。

「だって、せっかく転校できたんだから、明るくしていないと損じゃない？」

キョトンとした顔で言われても、毛利にはわからない。

理屈はわかっても、感情がついてこない。

「一度裏切られたんですよね？　それなのに、なんでそんな前向きにいられるんですか？　怖く、ないんですか？」

少し責めるような言い方になってしまったのに、彼女は気分を害した様子もなく、むしろふわりと微笑んだ。

「もちろん、怖いよ」

柔らかな笑顔なのに少し寂し気で、しかし強さもある、そんな顔で真っ直《す》ぐと毛利へ視線を向ける。

「でもね、それよりも一人になる方がもっと怖いの。誰かと一緒にいたいって思うから、だからまた信じたいって思ったの」

何かでガツンと殴られたような衝撃に、彼女から視線を動かせなくなった。

「もしかしてまた裏切られるかもしれない。けど、それを怖がって一人で過ごすより、勇気を持って誰かとわかり合いたいんだ」

「勇気を持って、誰かとわかり合う……」

だが、せっかく勇気を出してもまた裏切られたら、その時はもう立ち上がれないかもしれない。そう考えるとつい俯《うつむ》いてしまう。

「先輩は……強いんですね」

絞り出すようにして掠《かす》れた声で尋ねると、ウサギは軽く首を横に振った。

「ワタシたちアナウサギはさ、群れで生きていく動物だから、やっぱり仲間は必要なんだよ。一人で閉じこもっているより、誰かと一緒に過ごす方がずっと楽しく過ごせるんだって、今回のことで身に沁《し》みたの。だからたとえまた残念な結果になったとしても、後悔しないのはこっちだって思ったんだ」

そこで一度口を閉じてから、彼女はジッと毛利を覗き込んできた。

「キミが後悔しないのは、どっち？」

自分が後悔しないのは――考えた時、視界が突然ぼやけていき、やがて真っ白に染まっていった。

ぼんやり目を開けると、毛利はまだBISTRO　PENGUINのカウンター席に座ったままだった。

なら、先ほどまでいた場所はなんだったのだろう。

渇いた喉《のど》を潤そうとグラスに手を伸ばして、いつもの自分の手に気がついた。灰茶色の毛が生えていない、普通の人間の手だ。

だが今でも、あの瑞々しいトマトの味が口に残っている。

「ご自身の気持ちは、固まりましたか？」

カウンター内からマスターのダンディな声が聞こえてきて、毛利は顔を上げた。

目が合ったマスターは、まるで全てを理解しているような目をしている。

「俺は……」

そこで視線を再び落とした。

誰かに裏切られるのは怖い。

しかし、この先ずっと一人で過ごしたいわけではない。

「まだ怖いですけど……やっぱり、誰かと過ごせるようになりたいです。仕事でも、プライベートでも」

口にしてみて、改めてこれが本当の気持ちだと実感できる。

「だからあとは、勇気を持つだけですね……」

カウンターの上でギュッと拳《こぶし》を握ると、マスターが優しく目を細めて頷《うなず》いた。

「この先もきっと、裏切る誰かと出会うでしょう。そういう方はどこにでもいます。ですが、毛利様ならそれ以上に多くの、信頼しあえる誰かと出会えますよ。もちろん、もうすでに出会っている方を含めて。ですからどうか、勇気を持ち続けてください」

マスターの言葉が、毛利の心に優しく降り積もる。

彼がこう言うのなら、きっとそうなのだろうと思えるのはなぜなのだろうか。

「ありがとうございます。ここがペンギンの、マスターのお店で本当に良かったです」

「お役に立てたようで、何よりです」

頭を下げる毛利に、マスターは照れた様子で少しクチバシを上に向けてから蝶《ちょう》ネクタイを整えた。

会計を終えて外に出て何気なく空を見上げると、雲一つない青空が広がっている。今夜の星空はきっと綺麗《きれい》だろうと考えながら、オートバイに跨《また》がった。

日が落ちてから、毛利は展望台のある山へとオートバイを走らせた。だが向かったのは展望台よりも更に上にある、天文台だ。

昼間少女に閉鎖について教えられてから、ずっと気になって仕方がなかった。天文台は毛利が生まれてからできたのでまだ三十年も経《た》っていない。それなのに閉鎖というのは、よほど経営難だったのだろうか。だがここは確か市立の天文台なので、収益はそれほど関係ないはずだ。

色々考えながら毛利は展望台を通り過ぎ、頂上へと走り抜ける。夜風の冷たさを感じていると、すれ違う車もいなければ先行する車もいないまま、頂上へ到着した。

明かりも灯《とも》っていない駐車場にオートバイを置いて、携帯のライトで照らしながら毛利は天文台の本館を目指すことにする。

雑草が伸び切ったコンクリート舗装された通路を歩いていると、あの頃のことが次々と思い出されてくる。

毎回バスでこの駐車場までやってきて、友人と我先にと走って本館へ向かった。新しい展示がないかくまなく探し、それから太陽観測ができる望遠鏡を見に行くのがいつものルートだった。

展示を眺めてはあーだこーだ言い合ったり、太陽の黒点を見て大はしゃぎしたり、職員の話を聞いたり、毛利にとっては本当に楽しい思い出だ。

「元気かな、天木《あまぎ》」

誰に聞かせるまでもない呟《つぶや》きは、静寂の中に消えていく。

本館の前までやってくると、入り口のガラス扉に『閉鎖のお知らせ』という紙が貼られていることに気づいた。

再開の予定や、その他の事情など詳細はなく、八月末に閉鎖するとだけ記されていた。少女の言葉を疑っていたわけではないが、決定的な物を見てしまうとやはり寂しさが襲ってくる。

「少し星を見て帰るか」

この暗さなら駐車場などの開けた場所の方がいいと、一度戻ろうと踵《きびす》を返した時、駐車場でライトが点《とも》っていることに気づいた。

こんな場所に一体何のために来るのだろうか。

携帯のライトを消して警戒しながら近づいていくが、そのうちに二つの人影が確認できた。一つは小さく、おそらく子どもだというのが遠目からでもわかる。相手が子連れであることに少し安心した毛利は、普通にライトを点《つ》けて歩くことにした。

「あれ、お兄さん？」

挨拶《あいさつ》をした方がいいだろうかと悩んでいる毛利に向かって、小さい子どもの人影が大きく手を振ってくる。

「やっぱり、お兄さんだ！　ママ、さっき話した人だよ」

車のヘッドライトによる逆光で毛利からは顔がよく見えないが、昼間に会った少女だというのは声でわかる。

動揺する毛利の前で少女が隣の女性の手を引き、女性は戸惑った様子で軽く会釈をしてきた。

「先ほどは娘がお世話になったよう……亘輝？」

「……え？」

「え、ママ知り合いなの？」

名前を呼ばれて思わず目を細めても、誰だかわからない。仕方ないので少しずつ距離を縮めることにした。

「久しぶり……って言ってもお父さんの四十九日以来だから、そんなに経ってないか」

そこまで言われた時、ようやく女性の顔が判別できた。

「姉さん……」

「色々大変だったって聞いたから連絡取ろうとしたのに、全部ブロックしているからどうしたかと思っていたら……まさかこんなところで会うなんてね」

目の前の姉は、呆《あき》れたように腕を組んで苦笑いを浮かべている。

ということは、少女は毛利の姪《めい》だ。その昔、もっと小さい頃に少しだけ会ったことはあるが、父親の葬儀の際は体調を崩しているとかで姉しか来なかった。

姉は毛利がここを離れたあとも母の実家に残り、その後父親との反りが合わなくてずっと疎遠になっていた。そのままこっちの相手と結婚したのでここに来てもおかしくないが、なんという偶然だろう。

「姉さんってことは、ママの弟？」

「そうよ、ママの弟。あんまり似てないでしょ」

姉が笑うと、姪もつられて笑う。

「亘輝、立ち話もなんだし、今夜はうちに泊まりに来なさいよ」

「え！　うちに来るの！　やったあっ」

「いや、けどそんな急に行ったら義兄《にい》さんだって迷惑だろうし」

うろたえる毛利の額を、姉が指で軽く弾いてから笑った。

「何遠慮してんの、大丈夫よ。これでも姉なんだから、こんな時くらい甘えなさい」

その顔に、父よりも前に亡くなった母の面影を感じて、なんだか無性に泣きたくなった。

「ありがとう……姉さん」

「でも、ちょうどよかった。最近亘輝の同級生からあなたと連絡取りたいって、連絡があったの」

「同級生？」

「ほら、小学校の時一緒だった天木君」

先ほど思い出した同級生の名前に、毛利は胸が詰まる想《おも》いがした。

実の兄に裏切られ、ずっと一緒にやってきた仲間に裏切られ、もう自分には信じられる人などいないのだと思っていた。

だがもしかすると、見えていなかっただけなのかもしれない。ずっとそこにいてくれたのに、勝手に絶望して見ようとしていなかっただけなのかもしれない。

そう考えながら空を見上げると、頭上で北極星が輝いていた。

「彼はこの先、本当に信頼できる人たちに会えるのでしょうか」

床をモップで拭きながら、ふと思い出したようにギャルソンが呟いた。

「大丈夫ですよ。もうすでに、一人には会えていますから」

穏やかに告げるマスターに、ギャルソンが一瞬驚いた顔をしてから僅かに目を細めた。

「そうですか。それは何よりです」

「誰しも窮地に立たされると、案外傍《そば》にいる味方に気がつかないものですが、今回は巡り合わせがよかったようですね」

一体マスターには何が見えているのだろうかと思ったが、良《い》い人間が報われるのならそれはギャルソンにとっても喜ばしいことだ。

「さあ、次のお客様のための仕込みを始めましょう」

四皿目　繋がりのスープ・ド・ポワソン

昼休みの市役所のカフェテリアでお昼を食べる気力もなく、藤沢《ふじさわ》穂香《ほのか》は大きなため息をついた。

最近何もかもがうまく行っていない。プライベートでは親からまだ結婚しないのかと急《せ》かされ、一人暮らししている家の上階からの水漏れ被害で、しばらく仮の住まいに住むことを余儀なくされた。

だが、それはまだいい。

問題は仕事の方だ。

カフェオレを一口飲んだあと、藤沢は手にした資料に目を落とした。そこには、天文台の閉鎖計画についてと書かれている。

「やっぱり、閉鎖しかないのかな……」

再び大きなため息が口から漏れる。

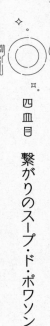

できれば閉鎖を回避したいとあれこれ模索していたが、そのためのタイムリミットがもうすぐそこまで迫っていた。

藤沢が市立天文台に事務職員として配属されたのは六年ほど前のことだ。それまではずっと税務課や年金課など、完全に事務的な課で働いていたので、突然の転属にかなり驚いた。

市役所に通勤する日々から一転、山の上に通勤することになり、しかも職員が台長と藤沢のみ、他にはアルバイト十名前後という小規模な中で、なんでもやるという職務内容には戸惑うことばかりだった。

何より国立天文台職員を退職してここの台長になった保坂《ほさか》は、極端に口数が少ない上に表情も乏しくて、この先やっていけるのかと不安になったものだ。しかし接していくうちに、彼の人に対しても仕事に対しても誠実である人柄に触れ、これまでのどの課よりも過ごしやすい環境だとわかった。

太陽や星の観測に携わるうち、その奥深さに惹《ひ》かれていってからは全ての仕事が楽しくて仕方がなかった。館内に飾る展示物も台長やアルバイトの大学生と一緒になって作ったり、イベントを企画、開催したりするのは、これまでにない達成感だった。

通常は三年程度で異動になるが、自分が希望していたとはいえ六年も同じ部署にいるのは異例だろう。保坂が藤沢を補佐役として評価し続けてくれたのだと知った時は、その場で泣き崩れた。

なぜなら、知らされたのは保坂の葬儀のあとだったからだ。

カフェオレを飲み干してから、藤沢は施設課にある自分のデスクへと戻った。

天文台が一時的に閉鎖をしたのは二ヵ月前、保坂が事故で亡くなってからだ。

もともと一年程前から維持費が問題になっていたところで、老朽化による修繕費が必要になるとわかってからは閉鎖を推す声が強くなってきていた。台長の保坂が様々な再建計画書を提出していたがどれも却下され、打つ手がなくなっていた頃に彼が死亡したことで、全てが一度凍結となった。

しかし二ヵ月が経《た》った今、完全に閉鎖を進めようと上が動き出したのだ。

藤沢にとって幸運だったのは、今のところ跡地の活用法を誰も考えついていない点だ。

しかし維持費と修繕費の問題が改善されない限り、再開には結びつけられない。市だって無い袖は振れないことくらい、藤沢も理解している。

「藤沢、まだあきらめてないのか？」

目を皿のようにして資料を見ていると、背後から声をかけられる。振り向いた先には、施設課の主査《しゅさ》である同期が呆れた顔で立っていた。

彼は順調にキャリアを積み上げ、同期の中で誰よりも早く主査になった人物だ。誰にでも友好的で、今も特に藤沢を責めているわけではないのはわかる。

「当たり前でしょ。できることがあるなら、なんでもやらないと」

「なんでも、ねえ……ちょっと失礼」

そう言って、同期が藤沢の手から資料を取っていく。

「結局のところ、問題点はなんだと理解しているんだ?」

「まずは老朽化による修繕費、これが数千万。今後も維持するために定期的にそれくらいかかるっていう、コストの問題でしょ。それに年間でかかる運営費は、少なく見積もっても二千万はかかってる……」

最初からずっと、要は金銭的な問題なのだ。市の運営は順調だが定期的に修繕が必要な治水事業や道路整備など、市としてやるべきことは多々あり、余裕があるわけでもない。

子どもを対象とする施設としても、児童館やスポーツセンターに力を入れており、市民から天文台の閉鎖について不満の声はさほどなかった。

「そうだな。修繕費に維持費、それから運営費がかからないなら、わざわざ取り壊す必要もない。だが、大事なのはそれだけではないだろ」

「利用者数って、言いたいんでしょ」

それは数年も前から指摘されていたことだ。

特別観測会でも小学生が無料なこともあり、年間八千人程度の利用者では到底費用は賄いきれない。酷《ひど》い時は、施設利用料はアルバイトの一人分程度の人件費にしかならなかった。

人気がない、運営費がかかる、となれば、上が閉鎖を提案するのはある意味当然だ。

「圧倒的に知名度が足りないな。仮に修繕できたとしても、結局市が負債を抱え続けることになる」

「それは、わかってる……」

正論をぶつけられて、思わず下唇を嚙《か》む。

「正直、市民でも半数以上が天文台の存在を知らないいんじゃないか？　知っているのは近隣の住民か、学校関係者だけかもしれないな」

同期の言うことは間違っていない。藤沢が必死に調査しても市民の認知度は四〇％程度しかなかった。更に一度でも利用したことがあると答えたのは三〇％程度で、いずれも近隣の学校行事としての利用に過ぎない。個人的に利用したことがあるのは一〇％を切るという、とても悲しい結果になった。

公立の教育施設は営利目的とは違うため赤字が出るのは問題にならないが、利用されていないとそうはいかない。

「この市に宣伝してくれる有名人がいればなあ」

「これまでも陶芸家の方にお願いして、個展を開いていただいたりしたけど……開催期間が終わってしまうと伸びなくて……」

個展目当てで足を運んでくれた人たちをリピーターにさせるだけの魅力がない、そう言ってしまえばそれまでだ。だが別の領域とのコラボレーションは、これまでどれもその後に結びつきはしなかった。

「イベント用の施設にしても、利便性の問題があるしな」

「車があれば問題ないけど、公共交通機関を利用して来る人も取り込めないと、だよね」

「けど、利用者の見込みがないとバス運行の交渉も難しいな。なるほど……確かにこれは、難題だ」

「わかってるよ……けど……」

同期の言葉に頷《うなず》くしかなかった。

天文台を失いたくないのに、自分には周囲を納得させられるような計画が立てられない。

悔しくて爪が食い込むくらい手を握りしめた。

「まあ、俺も考えとく。まだ一応時間はあるしな」

想像していなかった反応に驚いて顔を上げると、彼は口角を上げて資料で藤沢の頭を軽く叩《たた》いてきた。

「解体にだって、下手すりゃ修繕費より金がかかる。それなら、存続させる方向を考えるのも間違ってないからな」

「ありがとう……」

そうだ、今の藤沢にも武器はある。

解体費がかかること、そして跡地の有効活用がまだ見つからないこと。

だからまだ、あきらめるわけにはいかない。


翌朝、藤沢は天文台にやってきた。

いくら閉鎖中だとしてもメンテナンスを怠るわけにはいかないため、少なくとも一週間に一度は訪れている。

今日はその中でも、思いっきり掃除をすると決めていた。

昨日までに掃き掃除や掃除機がけは済んでいたので、モップをかけていく。ずっと使われていないのにすぐに真っ黒になるモップを見て、少し寂しくなった。まるで誰も来なくとも、天文台が老朽化していくことを見せつけられているみたいだ。

玄関や通路をくまなく拭き上げ、次は窓や扉のガラスを磨くようにして丁寧に拭いていく。

どんどん綺麗《きれい》になっていくと充実感が出てくるが、すぐに虚無感に変わった。たった一人、この天文台に取り残されたような気にさえなってくる。

「保坂台長……」

思わずその名を呟《つぶや》いた。

国立天文台を退職してからこの天文台にやってきた彼は、もう二十年近く台長を務めていた。確か今年六十七歳になったばかりで、亡くなるのには早すぎて訃報に誰もが耳を疑った。

展示室に入ると、彼と作成した展示物たちが目に飛び込んでくる。

太陽の黒点やフレアについての解説パネル。

季節の星座についての解説パネル。

天の川銀河の解説パネル。

ダークマターについての解説パネル。

発泡スチロールで作成した太陽系の模型。

綿や針金を駆使して作成した宇宙の銀河立体地図。

どれもこれも保坂とアルバイトの皆、そして藤沢が力を合わせて作り上げたものだ。写真や解説を貼り付けたパネルの埃《ほこり》を拭き取りながら、泣きそうになってくる。


「台長、ここまで凝って作らなくてもいいんじゃないすか？」

数年前のもうすぐ夏休みというある日、小惑星探査機はやぶさ2についてのパネルを一緒に作りながら、アルバイトの大学生が笑った。

一枚目のパネルには台長作のはやぶさ2の小型模型が取りつけられ、パネルには初代はやぶさとの相違点などがまとめられている。別のパネルにははやぶさ2がサンプルを収集した惑星リュウグウの模型とともに、これまでの軌跡や今後の目的地などがまとめられていて、パッと見でも目を引く展示だ。

確かに小さな天文台に置くには凝り過ぎだと思われるかもしれない。実際藤沢もここへ来たばかりの頃は同じように疑問に思った。子ども向けの展示物なら手を抜いてもいいというわけではないが、精巧な模型ではなくイラストでもよいのではと考えたのだ。

だけど今は、保坂がこだわる理由を知っている。

「僕は、なるべく子どもたちに正確な情報を伝えたいんです。それに、展示物はあまり興味を持っていない子が一目で足を止めるような魅力が必要だと思うんです」

藤沢が説明しようとする前に、保坂が穏やかに口を開いた。

普段口数の少ない台長の強い意志を感じて、質問した大学生の背筋が自然と伸びる。

「よほど興味のある子以外、なかなか探査機について詳しく知る機会はないでしょう。そうでない子はその名前すら知らないかもしれません。そうした子たちがここで興味を持つきっかけになれば、それはとても幸せなことだと思いませんか？」

「思います！」

柔らかな表情で薄く笑う保坂につられるようにして、藤沢も横で思わず力強く頷いた。

精巧に作る理由は、子どもたちがまるで本物を見た気持ちになれるように。

大きな文字で簡単な説明文を載せ、補足するように詳細を記したプリントをテーブルに置くのは、興味を持った子がもっと深く知ることができるように。

そうした保坂の志がどれも素晴らしいものだと思えたのは、実際に天文台に来た子どもたちを目の当たりにしてからだ。どこかつまらなそうにしていた彼らが、藤沢が初めて制作を手伝った展示を見てからプリントを手に取った時の感動は、今でも覚えている。

そういう子が再び天文台を訪れ、目を輝かせながら自身で調べたことを教えてくれた時の気持ちは、達成感などという言葉では言い表せられないほどだ。

「そっか……なら、中途半端なものは作れないっすね」

交通の便が悪い天文台をわざわざアルバイトに選ぶくらい、宇宙や星が好きな学生たちが集まってくる。だから保坂の言葉は真っ直《す》ぐ彼らに届くのだ。

「ええ。頼みますよ、皆さん」

保坂という台長のいるこの天文台で働けることは、藤沢にとってとても誇らしいものだった。

昔を思い出しながら、藤沢は展示物を丁寧に拭いていく。

やはりこの展示物を、保坂台長の気持ちを無駄にしたくない。

けれど、本当にどうにかできるのだろうかと不安にもなった。

たった一人でこの場所を守れるのだろうか。

誰もいない天文台で不安になると、また無性に寂しくなってくる。

「どっか、ご飯食べに行こうかな」

いつもならパンなどを持ってきて食べるのだが、生憎《あいにく》今日は用意する時間がなかった。

買いに行くよりもどこかで食べた方が気分転換になるかもしれない。

「うん、そうしよ」

掃除用具を片付けてから時計を見ると、ちょうどお昼時だ。

山を下りれば、これまで利用したことのある飲食店が何軒かある。空《す》いてそうなところに適当に入ろうと考え、藤沢は駐車場に向かった。

車を発進させながら、住宅街にしばらく行っていないそば屋があったことを思い出す。まずはそこへ向かうことにして、山道を下っていく。

この山は展望台もあるが、平日の昼間というのもありオートバイ一台としかすれ違わないまま麓に到着した。

「確かこの辺りを曲がると、あったような」

車を右折させて細い路地に入る。この辺りは住宅地のため、目印になるようなものがないのが困るところだ。

しかしゆっくり車を走らせているうち、どうも間違った道に入り込んだ気がしてならない。少し進むと、その予感が正しかったのだと判断できた。

「どうしよ……他にこの辺のお店って……」

Uターンできる場所を探しながら考えていると、一つの建物が目に入った。

「可愛い家……じゃなくて、お店かな？」

ちょうどその建物の前が駐車場になっているのもあり、藤沢は一度そこに車を停《と》めてみることにした。

停止した車内から見てみれば、レンガ調の建物はまるで外国の絵本で見たような造りで、壁に這《は》ったツタがよい味を出している。

「BISTRO《ビストロ》　PENGUIN《ペンギン》……レストランでいいんだよね」

青いオーニングテントに書かれた文字を読み上げてから、藤沢は意を決して車から降りてみた。

よく見ると突き出し看板はペンギンが模《かたど》られているし、紺色の扉の下部にもペンギンが描かれている。初めてのお店だが、これだけ可愛らしいと入ってみたいという気持ちの方が強い。

ためらうことなく扉の取っ手に手をかけて押し開けると、カランッとドアベルの音が鳴り響いた。

カウンター席が四つと、二人用のテーブル席が四つあるだけの店内には、お客が誰もいない。それどころか、店員の姿も見えなかった。

「いらっしゃいませ」

もしかしてランチタイムは営業していないのかと不安になった藤沢の耳に、そのよく通る渋い声が響いてきた。

人影は相変わらず見えないがとりあえず営業時間外ではなさそうだと、安心してカウンター席へと向かうことにする。細かいタイルが並べられた床を静かに歩き、カウンターに辿《たど》り着いたところで気がついた。

カウンターの中に、ペンギンがいる。

白と黒でシンプルだが、顎《あご》に黒い一本線が入っていて、そこに蝶《ちょう》ネクタイを着けていた。まるで本物のように見えるそれに驚いたが、確かここはＢＩＳＴＲＯ　ＰＥＮＧＵＩＮという店だ。きっと店の看板ぬいぐるみなのだろう。

「どうぞお座りください」

だが藤沢の考えを裏切るかのように、ペンギンがクチバシを動かして喋《しゃべ》った。

先ほどと同じダンディな声は、まさに目の前から聞こえてきた。

しかも、着席を勧めるように翼まで動かした。

疲れて夢でも見ているのだろうか。

考えても夢から覚めそうにないので、とりあえず座ることにした。

「メニューでございます」

「あ、はい。ありがとうございます」

横から差し出されたメニューを受け取ってから、運んできた主がようやく目に入った。

藤沢の横に、ペンギンがいる。

こちらは立派な黄色い眉毛があり、まるでギャルソンのような装いをしているペンギンだ。

呆然《ぼうぜん》とする藤沢をよそに、ギャルソンのペンギンはカウンターにグラスを置いた。

「お決まりになる頃、伺います」

「あ……はい」

情報をどう処理していいかわからないまま、藤沢はギャルソンの後ろ姿を見送った。

よちよちペンギンらしく歩いて行くのかと思っていたが、ギャルソンは両足で跳ねるようにして店の奥へ移動していく。それを見て、そういえばあの黄色い眉毛のあるペンギンはイワトビペンギンという名前だったことを思い出した。

「お悩みでしたら、マスターお任せというチョイスもございますので、お気軽にご注文ください」

イワトビペンギンを見つめていた藤沢に、カウンター内のペンギンから声がかかる。

「マスター？」

「私のことです。ビストロなのでシェフと言うのが正しいのかもしれませんが、よろしければマスターとお呼びください」

胸元の蝶ネクタイを整えてから、マスターが深々と頭を下げた。確かにシェフというよりはマスターの方が断然彼らしい。

ペンギンは一体どのような料理を作ってくれるのだろう。どうせならお任せで、彼のお薦めを作って欲しいと思う。

「それじゃあ……マスターにお任せでお願いしてもいいですか？」

「かしこまりました」

マスターが一礼してから、厨房《ちゅうぼう》の奥へ向かって行く。

あんなダンディな声なのに、後ろ姿はただのペンギンだ。左右に重心を移動させながら、よちよちと歩いて行く。その度に尾羽も左右に揺れ動き、なんだかずっと見ていられそうな気がする。

コンロに火を点《つ》けてから冷蔵庫を開け、何かをいくつか取り出した。ステンレスのバットを何個も調理台の上へ運ぶが、あの翼でちゃんと持てるのだろうかと不安になる。

だがマスターは危なげなく運び、バットの中から取り出したものを熱していたフライパンに載せた。

その傍らで、お皿に何かを盛りつけていく。少し距離があるのでよく見えないが、運ばれてくるのが余計に楽しみになった。

少しした後、店の奥からギャルソンのペンギンが今度は跳ねずによちよち歩きで近づいてくる。持っているお盆を落とさないか心配したが、ギャルソンは藤沢の不安を払拭するように絶妙なバランスでやってきた。

「ニース風サラダでございます」

「ありがとうございます」

カウンターテーブルに置かれた白い皿の中心にはレタスなどの野菜、そしてその周りを彩るようにカットされた茹《ゆ》で卵とトマトが並べられている。

「いただきます」

彩りだけで美味《おい》しそうなサラダを、まずは中央からアンチョビを取って、トマトを一つフォークに刺してから口に入れた。

途端、オリーブオイルの風味が口の中で広がり、アンチョビの塩気がその上を撫《な》でるようにして上書きしていく。トマトを噛《か》み潰せば、それまでの塩気と油が溶け合いながらトマトの味を引き立てた。

次に赤パプリカとオリーブを口に入れれば、オリーブの独特の香りとパプリカの歯触りが堪《たま》らない美味しさだ。

味付けはオリーブオイルと塩というシンプルなサラダで、なにか目新しさがあるわけではない。だがアンチョビの美味しさや、野菜の瑞々《みずみず》しさやシャキシャキ感が全てマッチしている気がする。そのおかげでサラダらしくさっぱりしていながら濃厚さもあり、藤沢は夢中になって食べ進めた。

その間にも、奥からはなにかを焼いている音と、調理器具の音が響いてくる。

サラダでこれだけ美味しいのだから、きっと次に出てくる料理も美味しいに違いない。

藤沢はサラダを口に運びながらも、期待に胸を高鳴らせていく。

しばらくして食べ終わりそうというところで、ギャルソンが視界の隅で動くのがわかった。

気がつけば調理の音は聞こえなくなっている。

最後の茹で卵を口に入れて少しすると、お盆を持ったギャルソンが藤沢の横に到着した。

「スズキのポワレ、バジルソース添えになります」

目の前に置かれた皿には、スズキと彩り野菜が盛り付けられていた。

見た目からして味に期待ができそうな料理に、藤沢のフォークを持つ手に力が入る。

ナイフをそっと入れれば、皮よりも先にその下の身が解《ほぐ》れてしまう。皮を切ってから、身と共に口に運んだ。

ふわりと口の中にバターの香りが充満し、そこにバジルの香りが広がっていく。

身のしまったスズキの食感の後には、パリパリの皮の食感。

魚の旨《うま》みとバジルソースが合わさり、口の中は幸福感で満たされていく。

「美味しい……」

無意識のうち、藤沢はそう口にしていた。

「恐れ入ります」

低く心地のいい声に顔を上げると、厨房から戻ってきたマスターがカウンターの中に立っている。

ただ目を閉じているだけなのかもしれないが、マスターは嬉《うれ》しそうに目を細めているように見えた。

「サラダもポワレも本当に美味しいです。どちらも濃厚さと爽《さわ》やかさが絶妙で」

天文台を出発する前は空腹が満たされればいいと思っていたが、藤沢はここしばらく忘れていたような満足感を味わっていた。

美味しい物を食べることが幸せなことだと、長い間忘れていたような気さえする。

「どんな気持ちの時でも、美味しいものを食べれば気持ちを解すこともありますから、そう言っていただけるのは嬉しい限りです」

マスターは目を細めているだけなのに、やっぱり嬉しそうに見える。

「食事を楽しんだのは、本当に久しぶりです」

そんな言葉が零《こぼ》れたのは美味しい料理のせいか、それともマスターの持つ空気のせいかはわからない。

ただ、マスターは過剰に反応することなく、静かに頷《うなず》いただけだ。まるで藤沢の言葉の続きを待っているようで、気がつけばまた口を開いていた。

「この数ヵ月、気が休まることがなくて。食事は生きるためだけに食べているような感じだったんです。今日も、お腹《なか》を満たせられればいいと思っていたんですけど……けれど、食事ってそれだけじゃないんだって、今思い出しました」

「そうでしたか」

マスターが落ち着いた声色で言った。

「忙しければ忙しいほど、気持ちが追い詰められれば追い詰められるほど、食事を楽しむ余裕がなくなることは珍しいことではありません」

「ですよね……私は忙しいというより、仕事が八方塞がりになって、それで余裕がなくなっているんだと思います」

初めて入った店でこんな話をするなんて、普段ならとても考えられない。しかしやはり相手が人間ではないからだろうか。不思議と言葉をどんどん紡いでしまう。

「八方塞がりは、お辛《つら》いですね」

マスターが頷いてくれるだけで、なぜだか心が少し軽くなる気がする。

「その問題に対して真剣であればあるほど、答えが出ない辛さはどんどん大きくなっていきますからね」

その一言に、藤沢は目を見開いた。

そうなのだ。

真剣に考えれば考えるほど、閉鎖の回避を望めば望むほど、解決策が見えなくて不安に押し潰される。だが、そこだけでは終わらないことに、今気づいてしまった。

「辛くて、不安に押し潰されそうになっていくうちに、自分でダメだった時の言い訳を考えてしまうんです。それぞれの問題をどうしたらいいか考えているのと同時に『こんなに難題なんだから、解決できなくても仕方がない』『私は一生懸命考えた』って、できない理由を探しているんです」

そんな考えは不毛でしかない。

言い訳を探す前にできることを探す方がよっぽど建設的だ。

わかっているのに、できない理由ばかりがどんどん見つかってしまう。

「私はもしかしてもう……心の中ではあきらめているんじゃないかって、それを認めるのが怖くて……」

ずっと怖かったのだ。やれることはなんでもやると思っていても、できることがなにも見つからない。

「あきらめていないからこそ、不安なのですよ」

泣きそうになった藤沢の耳に、低く優しい声が届く。

「本当にあきらめていたら、怖いなんて考えないでしょう。八方塞がりだとしても、貴女《あなた》があきらめたくないと強く思うからこそ、怖いのではないでしょうか」

不安を包み込むような柔らかい声色だった。

そのせいか、彼の言葉が藤沢の心にゆっくりと静かに浸透していく。

「そう……なんですかね……」

あきらめたくないと、ちゃんと思えているのだろうか。

不安はまだまだあるが、それでももしかしたらそうなのかもしれないと思えてくる。

「焦る気持ちはわかります。ですが焦っても気持ちが追い詰められていくばかりです。自分が本当に望む結末がなにかをまずは明確にしてはいかがでしょうか」

「本当に望む結末……」

口にしてみて、なぜか藤沢の心が重くなった。

自分が望んでいるのは、閉鎖を回避することだ。

なのに、なにかを怖いと思う気持ちがある。

失敗を怖がっているのかと思ったが、それはしっくりこない。

考えても考えてもわからず、藤沢はそれからビストロを出るまで、何も言えなくなってしまった。


それからどうやって帰宅したかは、あまり覚えていない。

気がついたらスーツのままベッドで寝ていた。

ボサボサの髪の毛を直すためにも、シャワーを浴びてから出勤することにする。

ドライヤーをかけながら、昨日のビストロのことを思い出す。ペンギンが料理を作り、サービスをする、不思議なビストロだった。

料理はとても美味しかったし、ペンギンたちの接客もよかった。

けれど、マスターに言われた言葉が、まだ藤沢の心に引っ掛かっている。

本当に望む結末はずっとぶれずにある。

ただ、そこへ向かうための解決策が見つかる気がしない。

あきらめたくないと強く願おうと、解決策がなければ上の決定を覆せるわけがないのだ。昨日の話ぶりから同僚も案を考えてくれそうだが、彼はとても忙しい身だ。期待はしない方がいい。

まだ頭はぼんやりしているものの、いつまでものんびりしてはいられない。藤沢はサッと支度をし、車に乗り込んだ。

しっかり運転していたつもりだったが、気がつけば市役所ではなく天文台のある山の麓に到着していた。

「あとで申請すればいいか」

まだ藤沢の所属は施設課の天文台だ。閉鎖が確定していない以上、藤沢が事前に申請していなくても直で天文台に向かうことは問題ではない。普段からなるべく事前申請にしているのは、その方が上からの心証がいいからだ。

そのまま山道に入り、天文台を目指す。

平日のまだ朝早い時間は全く車がなく、信号以外は停《と》まることなくスムーズに頂上に到着した。

「……あれ？」

駐車場で思わず呟《つぶや》いたのは、先客がいたからだ。

一台のクラシカルなオートバイが駐車場に停まっているが、周囲に人はいなかった。一時的な閉鎖のため、特に敷地《しきち》内の立ち入りを禁止しているわけではない。誰かがここへ来て周囲を散歩するのは問題ないが、それでもこの二ヵ月誰かと会ったことはない。オートバイ一台では多くても二人、防犯カメラもあえて見えるように設置してあるので、おかしなことはしないと思うが、警戒は怠らないまま藤沢は天文台へと歩み始める。

そういえば、防犯カメラの映像を早送りで確認していた際、オートバイ一台と車一台が夜に来ていたことがあった。オートバイの運転手は天文台まで歩いてきたが、貼り紙を確認してすぐに立ち去っていたはずだ。

今日のオートバイの運転手と同じ人物なのだろうか。

そう考える藤沢の視界で、男性と少女が向かい側から歩いてきた。

どことなく似た雰囲気の二人なので、家族のように見える。

「こんにちは。天文台にご用ですか？」

距離が縮んだところで、声をかけてみた。

男性はまだ二十代後半くらいで、藤沢より若そうだ。少女の方は小学校三、四年生くらいだろうか。親子ではなさそうだが、年の離れた兄妹《きょうだい》なのかもしれない。

「こんにちは。もしかして、天文台の方ですか？」

男性が感じよく返してくる。

不審者ではなさそうで、藤沢はホッとしながら頷いた。

「はい」

「すみません、閉鎖中に立ち入ってしまって。姪《めい》が、天文台を近くで見てみたいと言うもので」

「いえ、立ち入り禁止にはしていないので、大丈夫ですよ」

それに、これまで大人も子どももそれなりの数を見てきた藤沢から見ると、二人は何か悪いことをしようとしているわけではないと思える。

「あの、すみません」

いつの間にか藤沢の目の前までできた少女が、ジッと見上げながら声をかけてきた。

「天文台、もう閉まっちゃうんですか？　また、開いたりしますか？」

「それは……」

純粋さ溢《あふ》れる顔で尋ねられて、藤沢は答えに詰まってしまう。

閉まると言えば、彼女を悲しませる。

だが開くと言えば、嘘《うそ》になるかもしれない。

「まだ、わからないんです……」

悩んだ末、はっきりと答えるのは避けた。

「そうなんですね……」

藤沢の言葉にがっかりしたように、少女が肩を落とす。

その落胆ぶりに藤沢が戸惑っていると少女はゆっくり顔を上げた。

「あのね、お兄ちゃん……本当は叔父さんなんだけど、お兄ちゃんが小学生の頃、この天文台に友達とよく来たんだって」

「あら、そうなの？」

ちらりと叔父を見ると、彼がどこか照れたような顔で頷いた。

「中から太陽とか星が見えるし、色んなことが知れるようにポスターみたいなのがたくさんあって、すごく楽しかったんだって！　そういう手作りので、いっぱい星のことが勉強できたっていうから、私も中に入りたかったの」

再開を望んでくれている人が目の前にいることがとても嬉《うれ》しい。

それに、彼がいくつかはわからないが、保坂が関わっていた展示なのはほぼ間違いないだろう。

こんなところで何年も前の利用者に会えるなんて、と藤沢は胸がいっぱいになる。

台長の展示を子どもたちが楽しんでいる姿は、これまでもたくさん目にしてきた。しかしこうして大人になっても楽しかった思い出として聞いたのは、初めてだ。

直接保坂に、聞かせてあげたかった。

「そっか。教えてくれてありがとう……ごめんね、今閉鎖中で……」

少し泣きそうになりながらも、必死で笑顔を作った。

「なんで閉まってるの？」

無垢《むく》な瞳《ひとみ》が藤沢を見上げている。

少し迷ったが、ここでごまかす理由もない。藤沢は正直に話そうと、口を開いた。

「天文台が古くなっていて、このままじゃ利用する人が危ないかもしれないという判断から、一度閉鎖することになったの」

「古いと、ダメなの？」

「床を直さないと転んだ時にもっとひどい怪我《けが》をするかもしれないし、壁とかが剝がれていたり……その他も色々直す必要のあるところばかりなんだ」

藤沢の説明に、少女がぱあっと顔を輝かせた。

「じゃあ、直ったらまた開く？」

「それは……」

藤沢は言葉を詰まらせる。

少女は理解できないかもしれないと思ったわけではない。

修繕費や今後の運営費について何かしらの名案が思い浮かばない限り、そして上が納得しない限り再開はできないと口にしたくないのだ。

「修繕費など、金銭的な問題ですか？」

「え？」

これまで黙って姪を見守っていた男性が、一歩二人に近づいて尋ねてきた。

その顔はバカにするようなものでも、茶化すようなものでもなく、どちらかというと心配してくれているようなものだ。

だから藤沢は素直に頷《うなず》いた。

「そうです……利用者が減ったことで、上が閉鎖やむなしと判断しています。私や、一部の者は反対していますが……」

「なるほど。ではまだ、確定しているわけではないんですね？」

「はい、一応は……」

思わず余計な一言が出てきてしまったが、男性が気にした様子はない。

「ありがとうございます」

「いえ、こちらこそ」

男性が丁寧に頭を下げてきて、なんだか恐縮してしまう。

「お仕事の邪魔をしては悪いから、もう帰ろう」

「うん。お姉さん、ありがとうございました！」

叔父に促された少女がやはりきちんと頭を下げるので、藤沢も反射的に会釈する。

オートバイに向かう二人の後ろ姿を見ながら、何かを伝えたいと思った。

けれど何を伝えればいいのだろう。

再開を望んでくれている二人に、嘘は言いたくない。

だが、藤沢の想《おも》いを少しでも二人に伝えたい。

だからグッと胸の前で拳《こぶし》を握り、口を大きく開いた。

「もし……もし再開したら、来てくださいね！」

自分でも思ったより声が出て驚いたが、二人も慌てた様子でこちらを振り返る。

「はい！　絶対行きます！」

男性がまた会釈する横で、少女が大きな声で笑いながら両手を振ってくれた。

その無邪気な姿がとても眩《まぶ》しくて、まるで暗く沈んでいる藤沢の心に光を灯《とも》してくれているかのようだ。

今、藤沢の心ははっきり決まった。

天文台を守りたい。再開を望む人たちのためにも、そして自分のためにも。

そう強く想いながら、彼女たちがオートバイで走り去るまで藤沢はその姿を見送っていた。


翌朝、藤沢は施設課定例会議にたった一人の天文台担当として参加した。

諸々《もろもろ》の報告のあと、当然天文台の件が議題に上がった。

「予算が組めない以上、閉鎖は妥当でしょう」

「しかし解体費は馬鹿にならないですよね。仮にこのまま放置すれば、不法侵入者が出てきて、いずれ事故や事件に発展しないとも限りません」

藤沢の代わりに主査の同期が発言すると、課長や主幹がなるほどと唸《うな》った。

これが藤沢の発言だったら、ここまで重要視されなかったかもしれない。同期の手助けには感謝だが、自分の力不足を余計見せつけられた気分だ。

結局、今日もどちらにも決定しないまま、二週間後の会議までに具体的な運営案が出なければ、閉鎖、解体の方向で動くということに決定した。

会議終了後、藤沢は同期に小走りで近づいた。

「ありがとう。おかげでまだ希望が繋《つな》がった」

「いや……少しだけ先延ばしにできただけだしな……具体的な案は何も出てこなくて、悪いな」

同期が申し訳なさそうに頭を掻《か》くが、謝ってもらうようなことではない。

「案を出すのは私の仕事だから。時間を作ってくれただけで本当に感謝だよ」

自分に言い聞かせるように、藤沢ははっきりと口にした。

打開案を出す、もう残された道はそれしかない。予算、知名度、他に必要なものは何か考えながらも、昨日からこの二つに絞り動いている。

「そうか。なんか手伝えることあったら言って」

「ありがとう。その時はお願いする」

軽く頭を下げて、藤沢は自分のデスクへ急いで戻った。

昨日は市の著名人とアポイントメントを取るために、あらゆるところに電話をかけた。市議会議員に伝手《つて》があれば一番早いが、残念ながらそんなものはない。なら自分でどうにか道を切り開くしかないのだ。

電話をしても、興味を持ってくれる人、興味があっても時間が取れないと言う人、天文台なんていらないと言う人、様々だ。二、三人からは「金を出せと言うのか」と怒鳴られもした。そうではないと平身低頭して謝りなんとか誤解は解いたが、協力は得られなかった。

それでも、くじけてはいられない。

何かしら話題があれば、市の広報誌に取り上げてもらえる。

広報誌は現在民間企業に外注しているが、幸いにしてそこの担当者である織田《おりた》とは彼女が大学生の頃からの知り合いだ。

保坂に頼まれて元恋人に展望台で置き去りにされた織田を車に乗せたのは、もう何年も前のことだ。保坂は困っている人を見過ごせない性格をしており、藤沢も何度も私的なことでも助けてもらった。

特に小さい頃からお世話になった近所のおばあちゃんが倒れた時、病院に駆けつけていいと言ってくれたことには、心から感謝している。親戚でもなんでもないおばあちゃんだが、藤沢にとっては本当に大事な人だった。

倒れたと、彼女の娘さんから連絡を貰《もら》ってからどことなく上の空だったのを保坂はすぐに見抜いたのだ。すぐに病院へ行ってきなさいという保坂に血の繋がりのない人だと伝えたが『大事な人かどうかに血の繋がりは関係ないでしょう』と言ってくれた。

おかげで面会時間に厳しい病院でも何度もお見舞いに行けて、十分に感謝を伝えることができた。

一度、なぜそんなに親切なのかと尋ねると、彼は穏やかな顔で『この世は助け合いですから』と言った。

確かに織田の場合、律義にも天文台に礼を言いに訪れ、定期的に通ってくれるようになった。それだけでなく今では広報誌の担当としてその手腕を発揮してくれており、とても頼もしい存在になっている。

自分が助けた相手がこうして助けてくれる、それはとても幸せなことだ。けれど結局、保坂には助けられてばかりだったのが本当に心残りだ。

「このあとは……画家さんのところだ」

天文台のある山も描いたことのある画家は、今日会って話すことを了承してくれた。彼女はもう長いことこの市に住んでいるようで、地域密着の人材としても期待できる。画家の家は天文台からそれほど離れていなかった。今から出て、どこかでお昼を済ませてから向かえばちょうどいいだろう。

藤沢はデスク周りを片づけてから、車に乗り込んだ。

まずは天文台方面へ向かおうと、車を走らせてしばらくした頃だった。

「あれ……？」

適当に入れる飲食店を探しているうち、気がつけば見覚えのある通りに入っていた。このまま少し進めば、BISTRO PENGUINだ。

来ようとしたわけではないのに、まるで導かれるようにして辿《たど》り着いていた。

きっと、ここでしっかり決意表明をしたいのではないか、と思えてならない。

先日マスターに言われた『本当に望む結末』を、今なら言える。だから、マスターに訊《き》いて欲しい。

決意した藤沢はそのまま車を少し走らせ、BISTRO PENGUINの駐車場へ車を停《と》めた。

前と変わらない店構えに、数日しか経《た》っていないのに不思議と懐かしさを覚える。

取っ手に手をかけ扉を開けると、暖かい空気と共に美味《おい》しそうな香りが藤沢の体を包んだ。

「いらっしゃいませ」

マスターの渋く、よく通る声が響いてきた。

「よろしければこちらのお席へどうぞ」

カウンター席をお勧めされた通り、そこへ向かう。

座るとすぐにギャルソンが跳ねながらやってくる。着席した藤沢にスッと水の入ったグラスを置き、メニューを差し出してきた。

「あの、今日もマスターのお薦めでお願いできますか？」

「もちろんです」

まずギャルソンを見ると、彼はクチバシをクイッと下げて頷いた。

「かしこまりました」

そしてカウンターの中でマスターも頷いた。

メニューとお盆を持ってギャルソンが店の奥へと戻っていく。相変わらず跳ねると尾羽が左右に揺れて、まるで振り子みたいだ。

マスターも尾羽を揺らしながらよちよち歩き出し、奥の厨房《ちゅうぼう》へと移動を開始した。よく見るとマスターの方が尾羽は長く、後ろ姿は掃き掃除しながら歩くお掃除ロボットのようにも見えてくる。

冷蔵庫から何かを取り出して調理台の上に置いてから、お玉で鍋に中身を移した。

鍋に火を入れているところを見ると、今日の前菜はスープなのだろうか。考えるだけで、ワクワクしてくる。

鍋を温めている間も、マスターは忙《せわ》しなく動いていた。冷蔵庫から何かを取り出して皿に移したり、パンを切って盛りつけたりと大忙しだ。

どれも手際が良くて、たまに彼がペンギンだということを忘れそうになる。

しばらくしてマスターが出した器に鍋の中身を入れるのが見えた。しかし距離があってどんなスープなのかまではわからない。

期待からテーブルの上で手を組みながら、ギャルソンが持ってきてくれるのを待つことにする。

店の奥のギャルソンが盆を手にして歩き始めた時から、藤沢の視線はもう釘付《くぎづ》けになった。

スープを載せているからかギャルソンは跳ねることなく、ゆっくり歩みを進めている。だがペンギン独特のよちよち歩きで、零《こぼ》さないか多少心配になるのには変わりない。

ジッと見守られる中、ギャルソンは無事藤沢の横まで到着した。

「スープ・ド・ポワソンでございます」

白く四角い皿の上に、細切りチーズが盛られた皿と、スープ皿、何かソースの入った皿、そしてバゲットが添えられていて盛りだくさんだ。

スープ皿の中では、オレンジ色のとろみのありそうなスープが輝いている。

先ほどからどことなく魚の香りがしていたのは、ここから来ていたのだとわかった。魚介の濃厚な香りが鼻から入り、胃すら刺激してくる。

「いただきます」

食べ方がわからないので、まずはスプーンでスープを一口飲んでみた。

途端、その芳醇《ほうじゅん》な味に藤沢は思わず目を見開く。

一口で、魚介類の濃縮されたような旨《うま》みが口いっぱいに広がった。トロリとした食感は、ペーストよりも若干ザラッとしているが、嫌な感じはない。

何の魚かはわからないが妙に奥深さがあってとても魚介類らしい味だ。それなのに臭みが全くなくて食べやすい。初めて食べる味なのに、どこか懐かしさを感じるのは魚介のスープだからだろうか。

「美味しい……すごく美味しいです」

スープなのにまるでメインディッシュかのように満足感のある味に、次の一口へ進みたくなった。だが、チーズやバゲットが一緒に出されているのだから、これらと一緒にも食べてみるべきだろう。

「よろしければ、バゲットにルイユソースを塗り、その上にチーズを載せたものをスープに浮かべてお召し上がりになってみてください」

横からギャルソンの声がして、藤沢は振り向いた。とっくに店の奥へ戻っていると思っていたが、ギャルソンはまだ横で待機している。

前回は必要最低限しか話さない印象だったが、これも彼にとって必要なことだからだろうか。

「ルイユソース？　あ、このオレンジのマヨネーズみたいなやつですか？」

「はい。少し辛味がありますので、苦手でなければぜひ」

そう言われると、やはり試してみたくなる。

説明どおり、カリカリに焼かれたバゲットを手にして、ルイユソースを塗った。その上にチーズを載せてから、スープに浮かべてみる。

「しばらく待つとチーズが溶けますので、それが頃合いです」

目の前のスープ皿をジッと見つめて、藤沢は待つ。

じんわりとチーズが溶けだしたのを見計らい、スプーンで掬《すく》って口に入れた。

パリッとバゲットの音がする。

そしてジワッとバゲットに染み込んだスープが口に広がっていく。

先ほどの魚介類の濃厚さにピリッと辛さが入り、そしてなんとも言えないコクが舌の上で滑らかに伸びていった。

最後に辛みを和らげるようにチーズの旨みが全ての味を調和していく。

「美味しいっ」

スープだけでも美味しいが、ルイユソースとチーズを合わせるとまた別の美味しさだ。

一つのスープでここまで別の楽しみ方ができることに、藤沢は驚かずにいられない。

「スープ・ド・ポワソンは、何種類もの魚介類と野菜を炒《いた》めてから煮込み、その後ミキサーで砕いてから裏ごしして作るそうです」

「え！　そんなに手間がかかっているんですか？」

料理はどれも手間がかかるとは思うが、想像以上だ。

ジッと目の前のスープを観察しながら再び味わってみる。

改めて口の中いっぱいに広がる凝縮されたコクに、なるほどと思う。

「美味しいですよね。私も初めてマスターが出してくれた時は驚きました」

「本当に！　驚くくらいの美味しさですね！」

藤沢が同意すると、ギャルソンは柔らかい表情で頷《うなず》いて、店の奥へと戻っていく。その後ろ姿を見ながら、どこか懐かしさを感じた。ペンギンに対して懐かしさなどおかしい話だが、懐かしくて、切なくなるような、そんな気持ちに胸がキュッとなる。

せっかくの温かいスープを楽しまねばと、気を取り直して皿に目を向けた。

色々味を変えて、藤沢はスープを楽しんでいく。少し何かを加えるだけでこれだけ別の味わい方があることに、本当に驚かされる。

気がつけば皿の底が見えて、少しがっかりしながらも味の余韻を楽しんでいると、ギャルソンが再び近づいてきた。

「お待たせいたしました。バベットステーキになります」

「ありがとうございます」

テーブルに置かれた皿には、切り分けられたステーキ肉とそれを囲むように様々なキノコが載っている。肉の下には白いソースが引かれていて、全体に胡椒《こしょう》が振りかけられているようだ。

「いただきます」

もう切ってあるので、フォークで一切れ取って口に入れる。

一口嚙《か》めば赤身肉の旨みが広がった。そのあとで、キノコとトリュフの香りが口から鼻に抜けていき、肉の味が深みを増す。

「美味しい……」

全てを吞《の》み込んでから、藤沢は思わず呟《つぶや》いた。

二枚目を口に入れると、嚙めば嚙むほど旨みとソースの味が調和して美味しさが増してくる。肉の赤身の柔らかさとトリュフの香りが絶妙で、食べる手が止まらない。

オリーブオイルで炒められたそれぞれのキノコも、ソースとよく合ってどれも美味しかった。

先ほどの濃厚なスープとはまるで違う食感と味に、口の中から体の中まで幸せな気持ちで満たされていく。

「スープもステーキも、本当に美味しいです」

「恐れ入ります」

カウンターの中に戻ってきたマスターに気づいて藤沢が口にすると、彼は嬉《うれ》しそうに微《ほほ》笑《え》んだ。

「バベットというのは日本でカイノミと呼ばれ、バラ肉ではありますが赤身の柔らかさと脂身の美味しさを兼ね備えている、とてもバランスのいい部位です」

「確かに、柔らかいけどしっかり脂も入っているし……すごく食べ応《ごた》えあって美味しいです」

藤沢が納得して深く頷くと、マスターが柔らかく笑う。

今なら自分の気持ちを素直に言えるかもしれないと思ったところで、ドアベルがカランッと鳴った。

驚いて振り返った先には、一羽《わ》のペンギンがいた。

マスターともギャルソンとも違う種類のペンギンだというのは、見た目でわかる。白と黒しかないシンプルなペンギンは、確か南極の観測地で見られる種類だったはずだ。しかし南極にいるペンギンとは違い、彼は甚兵衛《じんべえ》を着込んでいる。

「おう、邪魔するぜ」

「ギンさん、いらっしゃいませ」

マスターの言葉は丁寧だが、どこか親し気な空気を感じられる。

お客のギンは颯爽《さっそう》と、いや、よちよちと歩いてから、藤沢の横の席にヒョイッと軽々飛び乗った。まるで海面から氷に飛び出すような鮮やかさだ。

「坊主、スープ・ド・ポワソンを頼む」

「かしこまりました」

頷いてから、マスターが厨房の奥へ向かって行く。

なぜマスターが坊主なのだろうと不思議に思いながらギンを見ていると、彼がこちらを向いて目が合った。

「悪いな、何かコイツに話そうとしていたんじゃねえのか？」

「え、なんで……」

「見りゃわかるよ、そんくらい」

驚く藤沢に、お客のギンは鋭い目つきのままニッと笑いかけてきた。

態度は大きいが、不快感はない。それどころか不思議なことにどう見てもペンギンなのにかっこよく見えてくる。

「実は……ずっと悩んでいたんですけど、ようやく決心がついて。それをマスターに聞いてもらおうと思っていました」

初めて会う相手にこんなことを言うなんて、どうかしている。だが、このビストロやマスターの心地よい雰囲気に、ついなんでも言ってしまいたくなるのだ。

「なるほど。よけりゃ、スープが来たら俺にも聞かせてくれ」

「え、いいんですか？」

「ああ、もちろんだ」

ギンが頷いてくれるのが、素直に嬉しい。

藤沢が頬を緩ませていると、店の奥からお盆を持ったギャルソンが近づいてきた。

「スープ・ド・ポワソンでございます」

「おう、ありがとな。いただくぜ」

ギンは礼を言って、スープを食べ始める。

器用にスプーンを持っていることに驚くが、マスターが調理できたり、ギャルソンが配膳できたりするのだから、皆できることなのだろう。

「相変わらず美味《うま》いな」

「恐れ入ります」

カウンター内に戻ってきたマスターが、どこか照れ臭そうに頭を下げる。

これまでとどことなく違うマスターの態度からして、二羽には何か深い関係がありそうだと思いながら見ていると、再びギンと目が合った。

軽くウインクをされて、藤沢は自分が何をしようとしていたかようやく思い出す。

そうだ、ちゃんと話さないと。ギュッと手を握り合わせてから、藤沢は口を開いた。

「あの、マスターとギンさん、それからギャルソンさん。少し聞いてもらってもいいですか？」

「もちろんです」

応えたのはマスターだけだったが、ギンとギャルソンは藤沢に向かって静かに頷いてみせた。それだけで、彼らが受け入れてくれているのだと伝わってくる。

「実は……本当に望む結末が定まりました」

ペンギンたちは黙ったまま頷き、続きを待っている。

その沈黙が心地よくて、藤沢は言葉を紡いだ。

「私、この近くの天文台の職員なんです。今は一時的に閉鎖中で、このまま閉鎖になるのかそれとも再開できるのか、まだ決まっていないんです」

現実を直視する言葉は自分で言っても苦しくなる。だが、逃げてばかりいられないのだ。

「再開するには修繕費と運営費という金銭的問題と、利用者を増やすための知名度問題があります。この二つの問題を打開できる案でないと、閉鎖を考えている職員たちを納得させられないいんです……けど、正直なところ、具体的な案はまだほとんど何もありません……」

ずっと頑張っても、案は出てこない。

宝くじの高額当選者になれば金銭面はクリアできる、なんて考えが頭に浮かんだこともあるが、現実的ではなさすぎる。

市自体が有名になるような何かが起きれば、それにあやかって知名度が上がるかもしれないが、それも現実的でない。

ないものばかりで、正直あと二週間程度で説得できるだけの案が出せるとはあまり考えられない。

「けど、私はあきらめないって、必ず再開させるって決めたんです」

もう、できない理由は探さない。

できる理由を見つけるため、立ち止まらないと決めたのだ。

「そう決めたのであれば、きっとよい出会いが巡ってくるはずです」

決意表明をする藤沢に、マスターの言葉が優しく降り注ぐ。

そんな都合のよいことがあるものかとも一瞬考えたが、不思議とマスターの言葉には説得力がある。きっと巡ってくると思えるだけの何かがあるのだ。

「ずいぶんといっちょう前なこと言うようになったな、坊主。けど、その通りだぜ」

ギンの言葉は力強く響いて、背中を押してくれる気がした。

「恐れ入ります。ギンさんのおかげです」

マスターがどこか気恥ずかしそうに頭を掻《か》いた。

二羽の優しさに、なんだか視界がぼやけてくる。

少し黙っていると、マスターがクチバシを開いた。

「先ほどのスープ・ド・ポワソンは元々南フランスの漁港で生まれたスープです。その日に取れた様々な魚介類を使うので、決まった材料というものはありません」

突然のスープ話に藤沢は驚きながらも頷く。

「ですので、入れる魚介によって味が変わる面白いスープです。誰かとの出会い、何かとの出会いも本当に面白いもので、会ったその時には思いもよらなかったような、そんな関係に変化することも多々ありますよね」

「確かに……そうですね」

藤沢も、まさか天文台で働くことになるとは思ってもみなかった。

初めはさほど興味のなかった天文台を、まさかここまで大切に思うとは想像もしていなかった。

「スープは一つの食材で作ることはできません。様々な食材が溶け合うからこそ、一つのスープとして完成します。きっと打開策も同じで、藤沢様だけではなく他の人の手を借りてこそできあがるのではないかと、私は思います」

その言葉が、藤沢の胸にストンと心地よく落ちた。

途端、瞼《まぶた》が急激に重くなってくる。

抗《あらが》えないほどの睡魔に襲われながらなんとか目を開けていようとするが、なぜか段々と瞼が下りていく。

そのうち、藤沢は堪えきれなくなって目を閉じた。

目を開けると、真っ白な世界にいた。

左右どこを見ても白く広がる、氷の世界。まるで、南極みたいだ。

先ほどまでビストロにいたはずなのに、いったいどうしてこんなところにいるのだろう。

周囲を見回してみるが誰も見当たらない。広い氷原の中、藤沢はたった一人でポツンとここにいるようだった。

慌てても仕方がないのでまずは深呼吸をしてみたところで、気がついた。

こんなに寒々しい場所にいるのに、そこまで寒さを感じない。ビストロにいたままの格好で来ているのなら、コートは着ていないし凍えているはずだ。

不思議に思って自分の服装を確認しようとして、驚いた。

温かそうなダウンベストを着ていたからではない。

爪のあるピンク色の足が見えたからだ。

続けて手を確認すると指がなく、一枚の翼になっている。外側は黒、内側は白の翼――深く考えなくても、自分の体がペンギンであることは理解できた。

なんでペンギンになっているのだろう。ここは夢の世界だろうか。

そう考えながら一歩踏み出してみる。

サクッと氷を踏む足音が鳴って、その感触の現実感に思わず足を止めた。氷の感触、僅かに伝わってくる冷感、踏み出した瞬間に伝わってきた全身の動き、どれをとってもこれが現実だとしか思えないほどだ。

しかしこれが現実であるのなら、いつまでも誰もいない氷原に留《とど》まっているわけにもいかない。

藤沢はひとまず太陽に背を向けて歩き出すことにした。

一歩踏み出す度に全身を横に揺らしながら歩くが、思ったよりも辛《つら》くない。これまでペンギンの動きを見ていると効率的とは思えなかったが、案外彼らにとってはこれが一番歩きやすいのではないか、などと考える。

斜面を上るのは少し厄介だが、しっかりした足の爪のおかげか滑らない。

「わあ、海だ」

斜面を上り切ると、ずっと先に太陽に照らされて煌《きら》めく海が見えた。どことなく天文台から眺める海に近い物を感じて、懐かしさがこみあげてくる。

海まで行けば仲間に会えるはず――なぜだかそう感じて、藤沢は再び進むことにした。

斜面を下る前にふとテレビで見たペンギンが腹ばいになって滑っている姿を思い出し、やってみようとうつ伏せになってみる。

そのまま足で氷を蹴《け》ると、体が下に向かって滑り出した。

「わあああっ！」

次第に速度が上がっていくが、体を左右に傾けながら進めば障害物だって避《よ》けられる。まるでジェットコースターのように風を切り、颯爽と滑り下りていく。

これまでに感じたことのないような興奮を覚えながら次々に障害物をかわしているうち、

段々と速度が落ち、やがて止まった。

ゆっくり立ち上がろうとする藤沢の視界が急に薄暗くなる。太陽が雲に隠れたのかと思ったが、そうでないとすぐに気がついた。

「なんだ、はぐれペンギンか？」

上から翼を大きく羽ばたかせながら少し先に降りてきたのは、茶色がかった灰色の鳥だった。やはりダウンベストを着て、温かそうな帽子まで被《かぶ》っている。

明るくなった視界に見えた姿に、なぜか足が竦《すく》んだ。藤沢より少し小柄だが、猛々《たけだけ》しい瞳《ひとみ》に先が鋭く尖《とが》ったクチバシを見ると、恐怖心を覚えずにはいられない。

「ふうん、ヒゲペンギンのまだ子どもだな？　かわいそうになあ、こんな誰もいないところで一人なんて」

ゆっくり歩いて距離を縮めながら、鳥は舐《な》めるような視線を藤沢に向けてくる。

ここまでくればさすがにわかった。

彼は捕食者で、自分は被食者だ。

距離を取るように後ずさりをするが、逃げられるような方法を思いつかない。

「もう少し大きくなっていたら、戦えたかもしれないのに。いやあ、残念だったたな」

トンッと背中が氷塊についた。

わけもわからずペンギンになってそして捕食されるなんて、いったいどうしてこうなったのだろう。

だが、このまま何もせずに食べられてなるものか。

少しでも抗って、活路を見出《みいだ》すのだ。

そう決めた藤沢は精いっぱいの力で目の前の鳥を睨《にら》みつけた。

「坊主、いい目をしているじゃねえか」

頭上から降ってきた声は、目の前の鳥の物とは別だった。

驚いた藤沢と鳥が同時に見上げると、氷塊の上にペンギンが腕組をして立っている。

「よう、トウゾクカモメ。俺の同属になんか用か？」

「お前、アデリーペンギンか。邪魔するな。別の種を助けようなどと、考えていないよな？」

邪魔をされた苛立《いらだ》ちを隠そうともせず、トウゾクカモメが頭上のアデリーペンギンを睨みつけた。

「別の種？　だからどうした」

そう言って、アデリーペンギンが氷を蹴って飛び降りた。

呆然《ぼうぜん》とする藤沢の視界で、アデリーペンギンが体を少し捻《ひね》ってトウゾクカモメに向かって跳び蹴りを喰《く》らわせる。

トウゾクカモメを突き飛ばし、アデリーペンギンは後ろ宙返りをして華麗に着地した。

「なっ、なんで、同種以外を助ける！」

よろよろと立ち上がったトウゾクカモメが忌々し気に言い放つと、アデリーペンギンが鼻で笑った。

「オレらはペンギン。助け合って何が悪い」

アデリーペンギンの凛々《りり》しい睨みに怯《ひる》み、トウゾクカモメはじりじりと後ずさりをする。

その距離を一歩一歩縮めながら、アデリーペンギンは片翼を前に伸ばしてクイッと翼の先を曲げた。

「かかってこい。まずはオレが相手してやる」

堂々たる姿に耐え切れなくなったとばかりに、トウゾクカモメが力強く羽ばたいた。

「クソッ！　覚えてろよ！」

「逃げるのか、情けねえな」

捨て台詞《ぜりふ》を吐いたトウゾクカモメが遠くの空に行くまで、油断はしないとばかりにアデリーペンギンは睨み続け、そしてようやく藤沢を振り返った。

「大丈夫か、坊主」

「あ……ありが……ござい……」

お礼を言いたいのに、強張《こわば》った体からは掠《かす》れた声しか出てこない。

すると、アデリーペンギンが藤沢の肩をポンッと叩《たた》いた。

「こんなところまで一人で冒険たあ、根性のあるヤツだ。だが、己の身は己で守れなきゃ、それはただの無謀にすぎねえぞ」

「……はい」

なぜここに一人でいるのかわからないが、確かにアデリーペンギンの言う通りだ。

「それにな、困った時は助けを呼べ。叫べ。誰にも届かねえかもしれねえが、誰かに届くかもしれねえからな。助けを求めるのは、恥ずかしいことじゃねえ。誰だって、一人で生きていけはしねえんだから、この世は助け合いだぜ」

台長がいなくなってしまってから、ずっと自分でどうにかしなければならないと思っていた。自分だけでどうにもできないことを恥じて、助けを求めることをためらっていた。

けれど、それではダメなのだ。

藤沢にはできないことがあり、他の人にはできることがある。

誰かに助けてもらう代わりに、自分も誰かを助ける。

そうやってこそ、物事は上手《うま》く運んでいくのだろう。

「ありがとうございます。あの、よければお名前を……」

「オレか？　オレは……」

ふと気がつくと、BISTRO　PENGUINのカウンター席に座っていた。

暖かい空気を肌で感じて、今が現実なのだという実感が湧いてくる。

けれど、先ほどまでの氷原の感覚も、風を切る感覚も、まるで本物みたいだった。

あのアデリーペンギンは、きっと先ほどまでここで横にいたギンと同じだ。そして、もしかしたら自分は。

考えながら頭を上げると、マスターと目が合った。

「誰だって、一人で生きていけはしない……」

藤沢の呟《つぶや》きにマスターはどこか懐かしそうに目を細める。

「この世は助け合いですね」

やはり、自分はきっと若かりし頃のマスターの記憶を見ていたのだ。いや、もしかするとあえて見せてくれたのかもしれない。きっと勇気づけようとしてくれたのだろう。

だから力強い笑顔で藤沢は立ち上がってから、口を開いた。

「私、最後まで頼れる人を探して行動しようと思います。自分だけで打開策を作るのではなく、誰かと一緒に作っていきます」

「ええ。貴女《あなた》が繋《つな》いだ縁、そして保坂台長が繋いだ縁が、力になりますよ」

マスターから出てきた名前に、藤沢は思わず目を丸くした。しかし、マスターなら何もかもを知っていてもおかしくない気がする。

多分、BISTRO PENGUINに藤沢は導いてもらったのだ。

「ありがとうございます。天文台を守るため、できることをやっていきます」

会計を済ませてから頭を下げ、出口に向かった。

外に出ると、冷たい空気が頬を撫《な》でていくが、あの氷原の冷たさにはとても及ばない。

扉を閉めながら何気なく中を振り返ると、ギャルソンと目が合った。

「頼みましたよ、藤沢さん」

扉の閉まる音と混じってよく聞こえなかったが、ギャルソンが何かを言っていたような気がする。優しく穏やかな表情で、確かにクチバシが動いていた。

だが、もう一度扉を開けて尋ねるのはなんだか無粋な気がして止めておく。

そして閉じた扉を少し余韻に浸りながら眺めたあとで、車に乗り込んだ。

運転席に座り、エンジンをかけようとしてふと気づく。

先ほどギャルソンは『藤沢さん』と言わなかっただろうか。

人間とペンギンで似ても似つかないが、あの時の表情は保坂台長のそれではなかったか。

ハッとしながらビストロに目を向けたが、すぐに頭《かぶり》を振った。

そんなのはありえない。台長が自分を心配して様子を見に来てくれたなんて、そんな非現実的なことあるはずない。仮にもしそうだとしたら、自分はよほどふがいないということだ。

『ええ。貴女が繋いだ縁、そして保坂台長が繋いだ縁が、力になりますよ』

マスターの言葉を頭の中で反芻《はんすう》する。

保坂台長が繋いでくれた縁はきっと、自分の行動の先で待っているはずだ。

一人で守るのではなく、同僚や、保坂台長や、それから他の人たち、皆の力を借りて守ればいい。

「うん。大丈夫！」

車内で一人大きく頷《うなず》いてから、藤沢は車を出発させた。

意気込んで訪れた画家との話し合いは、手ごたえを感じられるものだった。もちろんここからの企画次第だが、先方も乗り気になってくれたのはかなり大きい。

少し浮足立つ気持ちを抑えながら、藤沢は天文台に向かった。

もうあと少しで太陽が沈む時間というところで駐車場に辿《たど》り着くと、オートバイが二台停《と》まっていることに気づいた。

クラシカルな方の一台は先日姪《めい》と来ていた男性のものだと思うが、スポーツタイプの一台には見覚えがない。

静かに車を降り少し警戒しながら天文台へと歩みを進めたところ、正面玄関の前辺りに二人の男性の姿が見えた。

一人はやはり先日の男性だが、もう一人は見たことのない男性だ。

「あ、こんにちは。すみません、今度は小学校の同級生とお邪魔しています」

先日の男性が頭を下げると、もう一人も会釈をしてきた。この二人なら何か悪さをしにきたわけでもないだろうと、内心ホッとする。

確か先日彼は小学生の頃に友人とここに通ったと言っていた。きっとその友人なのだろう。

「こんにちは。大丈夫ですよ。でも、中には入れませんが……」

藤沢の言葉に頷いた先日の男性が、少し間を空けてから口を開いた。

「あの、実は貴女にお話ししたいことがあって、ここへ来たんです」

「私に？」

「はい。利用者が減ったことで閉鎖すると、先日おっしゃっていましたよね」

「え、ええ」

戸惑いながら返事をすると、男性は意を決したような表情で一歩踏み出し、隣の男性を指差す。

「俺は毛利亘輝《もうりこうき》と言います。で、彼は天木奏太《あまぎかなた》。俺の小学校の同級生で今回の採用試験で合格した、宇宙飛行士なんです」

「え、は……ええ？」

突然の展開に驚きを隠せず、藤沢の口からは間の抜けた声が漏れていた。

「そういえば採用試験をしているって耳にしていたけど……でも、もう結果出てました？」

困惑する藤沢に、天木は照れたように微笑《ほほえ》んだ。

「今朝、JAXA《ジャクサ》から連絡があったんです。世間に公表するのは明日《あした》以降になります」

「なのでまだ、ここだけの話にしてください」

毛利が付け加えた言葉に、藤沢は条件反射のように何度も頷いた。

「え、ええ、それはもちろん……その、えっと、おめでとうございます」

「ありがとうございます」

慌てて祝いの言葉を紡ぐと、天木はまるで少年のように破顔する。純粋なその笑顔がとても印象的で、こういう人物が宇宙飛行士になるのかと、妙に納得できた。

「先日、天木の妹さんから俺の姉のところに連絡があって、それでこうして再会したんですが……この市から宇宙飛行士が出たって、すごく宣伝になりませんか？　それに、間違いなく宇宙飛行士天木奏太の原点はここだと思います」

その一言は、突然ハンマーで頭を殴られたような衝撃だった。

政令指定都市でもない地方の市から宇宙飛行士が出るというだけで、市民だけでなく県民も注目する。天木が宣伝に協力してくれるのであれば、これほど強い味方はいないだろう。

「僕は、保坂台長のおかげで宇宙の勉強をたくさんできたし、興味を維持することができました。進路に迷った時も、保坂台長に背中を押してもらったんです。直接お礼を伝えられないのは心残りですが……この場所を守るお手伝いができるなら、これほど嬉《うれ》しいことはありません」

天木が穏やかに紡いだ言葉からは、それが彼の心からのものだということが伝わってきた。

「金銭面については、クラウドファンディングを立ち上げるなどのお手伝いもできますし、どうか俺たちにもここを守らせてくれませんか？」

力強い毛利の声が、藤沢の全身に響いてくる。

保坂台長が繋いだ縁が、藤沢に、天文台に繋がっていく。

泣き崩れそうになりながらも藤沢はグッと拳《こぶし》を握りしめてから、頭を下げた。

「よろしくお願いいたします！」

五皿目　旅立ちとミルフィーユ

客のいなくなったBISTRO《ビストロ》 PENGUIN《ペンギン》のカウンターに、キタイワトビペンギンの姿のまま保坂《ほさか》が座っていた。

「どうぞ、スターアニスのミルクティでございます」

カウンター内からマスターがそっとカップを差し出した。

ミルクティの上には、まるで星のようなスパイスが浮いている。

「いただきます」

受け取って、保坂はカップをクチバシに運んだ。

甘さのあるスパイシーな香りを楽しみながらミルクティを口に入れる。ミルクのコクと茶葉の深みが独特な香りと混じり合って、奥深い美味《おい》しさを作り上げる。

「ミルフィーユでございます」

白くシンプルな小皿の上には、三枚のパイ生地の間にカスタードクリームとイチゴが挟まれたケーキが載っていた。

「ありがとうございます。いただきます」

受け取ってから、保坂は静かにカウンターテーブルへ置いた。

初めはなんとなく違和感があったペンギンの体の動作も、今ではかなり馴染《なじ》んでいる。普通に歩こうと思うとつい飛び跳ねながら前進してしまうのには少し苦労したが、そこも調整がきくようになった。

だが、この体ももうすぐお別れだ。

「藤沢《ふじさわ》様ともっとお話しにならなくてよかったのですか？」

マスターがカウンターの中から尋ねてくる。

「いいんです。あれ以上話したら、きっと彼女は私が言ったから決断したと思ってしまいますから。彼女はきちんと、自分で進める人です」

ここへ来てから不思議なことに時空を超えて広報誌で世話になった織田夏帆《おりたかほ》、子どもの頃に天文台に通ってくれた天木奏太《あまぎかなた》と毛利亘輝《もうりこうき》と、そして最後に直属の部下だった藤沢穂香《ほのか》の四人と再び出会えたが、本当は自分だとわかるような声掛けは最後の最後まで避けるつもりだった。

保坂直久《なおひさ》として会った時とは別の姿で混乱させてしまうのもあるが、特に藤沢の前ではずっと黙っているつもりだったのだ。それが彼女にとっても一番いいとわかっていたつもりだ。

それなのに、どうしても声をかけたくなってしまった。

ただのエゴだったが、彼女が気づかなくてよかった。

大きく息を吐いてから、保坂はミルフィーユを皿の上で静かに倒す。そしてナイフを手にして一口サイズに切った。

口に入れるとすぐパリッとした食感が楽しませてくれる。その後で濃厚なカスタードクリームの上品な甘さが口内に広がった。何度か噛《か》めば、そこへイチゴの甘酸っぱさが舌を撫《な》でるように現れ、クリームの味と調和していく。

つい次も口に入れたくなったが、一度フォークを置いて保坂はマスターへと視線を向けた。

「もう、天文台は大丈夫でしょうね」

いくら気にしようとも、保坂がしてあげられることはもう何もない。全てが上手《うま》く回り始めたように感じられたが、それでもまだ不安だった。

「ええ。費用は毛利様の寄付とクラウドファンディングを立ち上げて賄えますし、天木様も喜んで広報大使を引き受けてくださるのでかなりの反響となります」

あの二人は、いつも目を輝かせながら展示を見てくれていた。興味を引かれることに対しては一生懸命質問してくるので、夏休みなどは保坂も一緒に図鑑などを手に調べたり語り合ったりしたものだ。

中学生になってから引っ越したのもあって毛利は来なくなったが、天木は通い続けてくれた。高校受験のために勉強を見てあげたのも、いい思い出だ。

「織田様が作る広報誌も追加で刷ることになるくらい、市内外での知名度が上がりますよ」

山道で困っていた織田を藤沢が麓まで送ったことで、彼女と天文台の縁ができた。あれから何度も足を運んでくれた彼女は、利用者の少ない天文台に危機感を持ったのか市の広報誌で宣伝したいから始まって、市の活性化というものに興味を持つようになった。そして就職先まで決めたのだから、すごい行動力だ。

「これらを全て企画した藤沢様の天文台再生案は反対されることなく、順調に進んでいくことでしょう」

再び口に入れたミルフィーユを噛みしめながら、保坂は嬉しくなって頷《うなず》いた。

パリパリとした甘いパイ生地とカスタードクリームの組み合わせは絶妙だ。そこへ先ほどのミルクティを飲めば後味が爽《さわ》やかになり、いくらでも食べられそうな気分になってくる。

美味しい物を口にして幸せな気分になりながら、改めて自分の人生を振り返る。自身の子どもはいないが、保坂が繋《つな》いだものは確かにあった。それをこうして体感できて、自分はなんて幸運なのだろうか。

「よかったです、本当に」

「はい。保坂様が繋いだ縁はこの先もミルフィーユのように重なり、よい変化をもたらしていくでしょう」

「なるほど、だから今ミルフィーユなんですね」

保坂の言葉に、マスターは微笑んで頷いた。

わざわざ星に見立ててスターアニスを使ったり、ミルフィーユを用意したりするマスターの優しさに、保坂も自然と頬が緩んでいく。

「それじゃあ、私はそろそろ行こうと思います」

「はい」

立ち上がる保坂に、マスターがゆっくり首を縦に振った。

「とりあえず、ポルックスでも目指すとしようかな」

「ポルックス、ふたご座の一等星ですね」

「ええ。ペンギン座があればそこを目指したんですけど、ないのでふたご座にします」

その真意がわからず首を傾《かし》げるマスターに、保坂が笑って続けた。

「ふたご座の形って、どこかペンギンに似ているでしょう？　私も結構、この姿が気に入ったのでね、せっかくなら少しでも似た形を目指してみようと思うんですよ」

「それはそれは。気に入っていただけて、ペンギン冥利につきますね」

マスターが嬉しそうに目を細めた。

「では、お気をつけていってらっしゃいませ」

「いってきます」

そうして保坂はＢＩＳＴＲＯ　ＰＥＮＧＵＩＮの扉を開け、旅立ちの一歩を踏み出した。

エピローグ　BISTRO PENGUIN

ここは、とある場所にある、とあるビストロ『PENGUIN』。

悩めるものが行き着く、不思議なビストロだ。

こぢんまりしたレンガ調の建物の、紺色に塗装された木製の扉はどこか温かさと懐かしさを感じさせる。

扉を押して店内へ足を踏み入れれば、モザイクタイルが敷き詰められた床と木製のカウンターが目に入る。

カウンター内にいるのは蝶《ちょう》ネクタイを着け、背筋をピンと伸ばしたペンギン。ヒゲペンギンと呼ばれる種だ。

カランッ。

魚とペンギンのモチーフが付いたドアベルが、小さく可愛《かわい》らしい音色を立てた。

今日も悩めるお客がやってきたのだ。

「いらっしゃいませ。どうぞこちらへ」

ペンギンとは思えないほど低くよく通る声が、店内に響いた。

参考文献

・「フランス料理の歴史」（著：ジャン＝ピエール・プーラン、エドモン・ネランク／訳・解説：辻調グループ　辻静雄料理教育研究所　山内秀文／角川ソフィア文庫）
・「フランス料理ハンドブック」（編著：辻調グループ　辻静雄料理教育研究所／柴田書店）

お便りはこちらまで

〒一〇二―八一七七
富士見L文庫編集部　気付
横田アサヒ（様）宛
のみや（様）宛

富士見L文庫

昼《ひる》下《さ》がりのペンギン・ビストロ

横田《よこた》アサヒ

2023年11月15日　初版発行

発行者　山下直久
発　行　株式会社 KADOKAWA
〒102-8177　東京都千代田区富士見2-13-3
電話　0570-002-301（ナビダイヤル）

印刷所　株式会社暁印刷
製本所　本間製本株式会社
装丁者　西村弘美

定価はカバーに表示してあります。　◇◇◇

本書の無断複製（コピー、スキャン、デジタル化等）並びに無断複製物の譲渡および配信は、著作権法上での例外を除き禁じられています。また、本書を代行業者等の第三者に依頼して複製する行為は、たとえ個人や家庭内での利用であっても一切認められておりません。

●お問い合わせ
https://www.kadokawa.co.jp/（「お問い合わせ」へお進みください）
※内容によっては、お答えできない場合があります。
※サポートは日本国内のみとさせていただきます。
※Japanese text only

ISBN 978-4-04-075164-1 C0193
©Asahi Yokota 2023　Printed in Japan

真夜中のペンギン・バー

著／**横田アサヒ**　イラスト／のみや

小さな奇跡とかわいいペンギンが待つバーに、いらっしゃいませ。

高校時代からの想い人と連絡が取れなくなった佐和は、とあるバーに踏み入れる。その店のマスターは言葉をしゃべるペンギン!?　驚きとキラキラ美しいカクテル、絶品おつまみに背中を押されて――。絶品の短編連作集

【シリーズ既刊】1〜2巻

富士見L文庫

お邪魔してます、こたつ犬

著／尼野ゆたか　イラスト／ねこまき（ミューズワーク）

ちょっとだけ疲れた日々をモフモフに。
あなたの“や”なこと、代わります。

仕事帰り、宏美のスマホに母親から突然今から行くというメッセージ。正直、疲れているので相手をするのは面倒だ。そう思いつつ部屋に入ると——「お邪魔しています」。部屋には何故かこたつに入った喋る犬がいて!?

富士見L文庫

富士見ノベル大賞
原稿募集!!

魅力的な登場人物が活躍する
エンタテインメント小説を**募集中!**
大人が**胸はずむ小説**を、
ジャンル問わずお待ちしています。

大賞 賞金 **100**万円

入選 賞金 **30**万円

佳作 賞金 **10**万円

受賞作は富士見L文庫より刊行予定です。

WEBフォームにて応募受付中

応募資格はプロ・アマ不問。
募集要項・締切など詳細は
下記特設サイトよりご確認ください。
https://lbunko.kadokawa.co.jp/award/

主催　株式会社KADOKAWA